みちのく銀山温泉
あやかしお宿の夏夜の思い出

沖田弥子 Yako Okita

ALPHAPOLIS
WEB CITY SINCE 2000

アルファポリス文庫

JN063124

https://www.alphapolis.co.jp/

プロローグ　こまもふの命名

樹木の生い茂る山道を、軽トラックは軽やかに駆け下りた。

勾配のある坂を下りると、銀山《ぎんざん》温泉街が姿を現す。

白銀《しろがね》橋の架けられた銀山川を中心にして、両岸には黒鳶《くろとび》色の壮麗な旅館が建ち並ぶ。

夕暮れになればガス灯が点《とも》され、ノスタルジックな雰囲気に包まれる銀山温泉は、観光客がひきもきらない。

老舗《しにせ》宿のひとつである花湯屋《はなゆや》に、軽トラックは停車した。

玄関先には、看板犬であるあやかしのコロさんがお座りをして待っている。私と圭史《けいし》郎《ろう》さんは買い物袋を携えながら、車から降りた。

「ただいま帰りました、コロさん」

「おかえりなさい！　若女将《わかおかみ》さん」

尻尾を振って出迎えてくれるコロさんの明るい挨拶に、私――花野《はなの》優香《ゆうか》は笑顔で応えた。コロさんの肩に掛けたポンチョがずれていたので、手を伸ばして整える。

ここ花湯屋は、江戸時代から続く由緒ある温泉宿だ。

山形《やまがた》県の尾花沢《おばなざわ》市にある銀山温泉。江戸時代に三大銀鉱山として栄えた延沢《のべさわ》銀山の鉱夫が、温泉を発見したと言い伝えられている。今ではその廃坑道を始めとした観光名所として名を馳《は》せていた。

雪の降りしきる中、荘厳な姿で佇《たたず》む黒鳶《くろとび》色の宿たちを、ガス灯の仄《ほの》かな明かりが照らすさまは幻想的だ。その風景を収めた写真を、東京に住んでいたときに、旅行雑誌の特集記事で目にしたことがある。

私は親戚の鶴子《つるこ》おばさんが女将をしている花湯屋へ、東京《とうきょう》からやってきた。高校に通いながら宿のお手伝いをするためだ。

花野家の当主となることを嫌い、この地を出たおじいちゃん。その孫である私は、あやかし使いの末裔《まつえい》であるという。代々の当主にしか受け継がれないはずのあやかしが見える能力を、なぜか私が有していたため、若女将《わかおかみ》として臙脂《えんじ》の暖簾《のれん》を預かることになったのだ。

花湯屋には暖簾《のれん》がふたつある。

藍の暖簾《のれん》は人間のお客様、そして臙脂《えんじ》の暖簾《のれん》はあやかしのお客様が通る。

あやかし使いの末裔《まつえい》だなんて初めは驚いたけれど、数々のあやかしたちや人々との出会い、そして別れを通して、私は花湯屋の若女将《わかおかみ》としてやっていこうと改めて決意した。神使《しんし》の圭史郎さんや看板犬のコロさん、それに常連客の子鬼たちにもいろいろと手伝ってもらいながら、若女将《わかおかみ》としての仕事を日々こなしていた。

……主に、掃除や買い出しなどの雑務ですが。

「コロさん。一応聞きますけど、あやかしのお客様はいらっしゃいました？」

臙脂《えんじ》の暖簾《のれん》の向こう側にある、裏の花湯屋では少々困った問題を抱えている。

私が留守番役のコロさんに訊ねると、すかさず背後にいた圭史郎さんが代わりに答えた。

「聞かなくてもわかるだろう。うちに来る客は大抵厄介事を抱えてるからな。来てるなら、コロは呑気《のんき》に座ってないだろ」

圭史郎さんの容赦のない指摘に、私は引き攣《つ》った笑みで返す。

確かに圭史郎さんの言うとおり、ときにお悩み相談駆け込み宿のようになることもあるけれど。

困った問題とは、あやかしのお客様が滅多に来ないということである。

人間のお客様はたくさんいらっしゃる花湯屋だけれど、対して臙脂《えんじ》の暖簾《のれん》はほとんど動かない。銀山温泉はあやかしが多い土地だそうなので、もっとあやかしのお客様が訪れてもいいんじゃないかなと思うのに、今のところお客様は常連の子鬼ふたりのみ。

コロさんは私が若女将《わかおかみ》になって一番目のお客様だったが、今は看板犬に就任したので花湯屋の一員となった。

温泉には長寿などの効能のほかにも、それぞれのあやかしに効く独特の効果もある。宿の食事は、季節や山形の特産品を生かしたおいしいお料理だ。

それなのに、どうしてあやかしのお客様は来てくれないのだろう。

数多《あまた》のあやかしが押しかけてくるさまを想像していた私は肩透かしを食らった気分で、なんだか物足りない。圭史郎さんにそう話すと、「楽でいいだろ」なんて投げやりな答えしか返ってこない。相談する人を間違えたようだ。

それが若女将《わかおかみ》としての、目下の悩み事である。

コロさんは尻尾をぶんぶん振って、得意気に圭史郎さんを見上げる。

「圭史郎さんはあやかしのお客様が来るわけないって思ってるんだね？」

「……ん？　来たのか？」

「来てないよ」

圭史郎さんは、すうっと双眸《そうぼう》を細めた。コロさんは圭史郎さんをからかっているわけではなく、大真面目なのだ。

「お客様は来てないんだけど、ちょっと気になることがあるんだ」

「気になることって、なんですか？」

私が問いかけると、コロさんは何かを探るようにクンクンと鼻を動かす。

「あやかしの匂いがするんだ。誰かいるみたいなんだよね……」

「子鬼の茜《あかね》と蒼龍《そうりゅう》の匂いじゃないんですか？」

「ふたりじゃないよ。それとは別の匂いなんだ」

圭史郎さんと顔を見合わせる。

ここ最近、臙脂《えんじ》の暖簾《のれん》は動いていない。あやかしはコロさんと子鬼ふたりだけだ。客室や大浴場には、ほかの誰の気配もなかった。

「もしかしたら、透明なあやかしでしょうか？」

「そいつは斬新《ざんしん》だな。だけど外れだ。おそらく匂いの正体は雑種だろう」

「雑種というと……下級のあやかしのことですね」

あやかしには上級や下級という位階がある。

この世で怨念を残して死んだものは力の弱い下級あやかしになる。そして、生まれながら地獄にいる真のあやかしもいる。以前知り合ったキモクイの玉枝《たまえ》は地獄からやってきた上級あやかしだった。きっと地獄は恐ろしい場所だろうから、強力な上級あやかしがたくさんいるのだろう。地上には小さな動物が多いから、力の弱い下級あやかしが多いのかな。

序列をつけるなんて哀しいことだと私は思うのだけれど、あやかしの世界は冷徹なのだ。

「雑種は下級のさらに下だな。なんの能力もない小物のあやかしを引っくるめて雑種と称する。コロも雑種だ。もし神社の狛犬《こまいぬ》だったなら、特殊能力があったかもしれないけどな」

きょとんとしていたコロさんは首を傾げた。

「僕は看板犬だよ。狛犬《こまいぬ》じゃなくていいよ」

圭史郎さんの毒舌も、無垢《むく》なコロさんには通用しないようだ。

私はとびきりの笑顔をコロさんに向けた。

「コロさんには看板犬という大切な役目がありますからね。私はとっても助かってます」

「ありがとう、若女将《わかおかみ》さん！」

尻尾を振るコロさんの背を撫《な》でてあげる。嘆息した圭史郎さんは買い物袋を持って花湯屋へ入っていった。

　厨房へ続く廊下を駆けると、私の提《さ》げた買い物袋はがさりと鳴る。

　ようやく圭史郎さんの背中に追いつき、私は息を切らした。

「圭史郎さん、ひどいじゃないですか。コロさんがなんの能力もない小物だとか、言い過ぎですよ」

「事実だろ。看板犬の仕事は別の話だ。雑種は特殊能力がないから無害でいい。コロは尻尾振ってるだけだからな」

　私たちが出かけているときはコロさんにお客様のことを任せている。女将の鶴子おばさんを始めとした人間の仲居さんたちには、あやかしの姿が見えないからだ。それなのに、圭史郎さんの言い方には全く感謝が感じられない。まるで、厄介者の面倒を見てやっているとでも言いたげだ。

「雑種という呼び方が蔑《さげす》んでいるようで、よくないんですよね。圭史郎さんだって、もしコロさんが狛犬《こまいぬ》だったら一目置いたんでしょう?」

「そういうわけじゃないけどな。俺は誰でも同じように対応する。そして雑種はどこまでいっても雑種だ」

「わかりました。私が呼び方を変更します」

「ん？」

圭史郎さんは『雑種』を見下している。もっと違う呼び方ならきっと、圭史郎さんの意識が改まっていくはずだ。

「花湯屋の若女将《わかおかみ》として宣言します。今日から、雑種という呼び方を、『こまもふ』に変えます」

圭史郎さんは廊下を進む足を、ぴたりと止めた。胡乱《うろん》な目つきで私を見返す。

「……なんだって？」

「こまもふ、です。どうです、可愛い名前でしょう。もう雑種と呼ばないでくださいね」

小物と、もふもふの毛皮をイメージして掛け合わせてみた。

コロさんに限らず、雑種と一括《ひとくく》りにされていたあやかしをみんな、こまもふと呼ぶことにしよう。

我ながら可愛らしい名称を思いついたので、私は自信たっぷりに胸を反らす。

圭史郎さんは、げっそりとした表情をした。私の天才的な名付けに感服したようだ。

「コマモフ……。まあ、好きにしろ。あやかしの位階は能力の高さや危険度の目安みたいなものだからな。雑種はどうでもいい」

「雑種じゃありません。こまもふです」

「わかったわかった」

圭史郎さんはすぐに忘れて、また『雑種』と言いそうだ。

絶対に定着させるんだから。

私は口の中で、こまもふ、こまもふ、コマモフ……と繰り返し呟いた。

第一章　鼠又《ねずまた》

長い廊下を抜けて扉を開けると、そこは厨房である。

花湯屋の表は暖簾《のれん》が色分けされているけれど、裏ではつながっているので、従業員は自由に行き来する。

人間とあやかしのお客様にお出しする料理は、共に同じ厨房で調理されている。人間のお客様の料理人は遊佐《ゆざ》さんで、あやかしのお客様のほうは圭史郎さんだ。仲居さんたちや私も調理補助としてお手伝いしている。

寡黙な料理人である遊佐さんは、冷蔵庫を開けて首を捻《ひね》っていた。

何か足りないものでもあるのだろうか。

「ただいま帰りました、遊佐さん。何か探しものですか？」

私はスーパーで購入した商品を買い物袋から取り出しながら訊ねた。

食材は業者に納入してもらうのだけれど、足りないものを買いにいくこともある。圭史郎さんは思いつきで料理を作ることが多々あるので、今日は市内のスーパーに行ってきたのだ。

「……若女将《わかおかみ》さん。つかぬことを聞くが……」

振り向いた遊佐さんは眉間に皺《しわ》を刻み、言いにくそうに言葉を濁した。

「はい。なんでしょう？」

「まさかとは思うんだが……夜中に冷蔵庫や戸棚の中身を持っていってるか？」

「はい？　夜中にですか？　日中以外は厨房に来ないですよ」

「そうだろうな……。いったい、どういうことなんだ」

戸棚に食材を入れようとしていた圭史郎さんの手が止まる。ぐるりと戸棚を見回し、彼の視線は床を辿《たど》った。

「小麦粉が零《こぼ》れてるな。この噛み痕《あと》……ネズミじゃないか？」

圭史郎さんは端が千切《ちぎ》られた小麦粉の袋を示した。

袋の底は鋭いもので切り裂かれていて、そこから粉が零《こぼ》れている。点々とした小麦粉の白い跡はあちこちに付着していた。

「それだけならネズミの仕業だろうと思うんだが、ふたりとも、これを見てくれ」

遊佐さんは下段についている冷凍庫の引き出しを開けた。そこには食べかけのアイスクリームが散乱している。

蓋を取ったまま容器が転がっているので、中身がぐちゃぐちゃだ。どうやら、つまみ食いして放置したらしい。

つまみ食いするとしても、もう少し綺麗に食べてほしいところだ。

「食べ方が汚いな。優香、もっとバレないようにつまみ食いしろよ」

「なっ、なんですか、圭史郎さん！　私じゃありませんから！」

「それはわかってる」

「わかってるなら言わないでくださいよ……」

遊佐さんは冷凍庫の中身を片付け、アイスでべたついた庫内を掃除した。つまみ食いされたアイスクリームや小麦粉は衛生的な問題が生じるので、廃棄するしかない。私たちも小麦粉の零《こぼ》れた戸棚や床を布巾で拭いて綺麗にする。なぜか片手鍋まで転がっているので、洗ってから片付けた。

「ネズミは冷凍庫を開けられないし、アイスを食べないだろう。誰なんだろうと思ってな。小麦粉に悪戯《いたずら》したのも気になる。若女将《わかおかみ》さんじゃないだろうとは思ったが、若い娘さんだから腹が空くこともあるかと思って……一応聞いてみただけだ」

遊佐さんは、まだ私を疑っているようだ……

その疑いが圭史郎さんには向けられないのが不思議である。

圭史郎さんだけでなく、花湯屋の人は誰もそんなことをしないだろう。

けれど証拠がない限り、みんなが容疑者なわけで。

私は横目で圭史郎さんを見やる。

その目線を鋭い眦《まなじり》で受けた圭史郎さんは、即座に私の考えを見抜いたようだ。

「圭史郎さん。もっとバレないようにつまみ食いしてくださいよ」

もらった球を投げ返すと、圭史郎さんは嘆息を零《こぼ》す。

「あのな……わかった。俺たちの疑いを晴らすためにも、真犯人を捕まえようじゃないか」

「真犯人を捕まえる？　どうするんですか？」

私が首を捻《ひね》ると、圭史郎さんは面白そうに口端を吊り上げた。


深夜の厨房は暗闇に沈んでいる。

ひたり、ひたり。

床を辿《たど》る小さな足音が冷蔵庫へ近づいた。

「えへへ。アイス、アイスっと」

ぴょんと丸い物体が、冷蔵庫の下段の引き出しに飛びついた。力強い動きで揺するとガタガタと音を立てる。引き出しが少々ずれて、丸い物体は身を引いた。

「あの鍋の棒のところを入れると開くんだよな。えっと……」

鍋を探そうと引き出しから飛び降りたとき、ひゅんと空を薙《な》ぐ音が走る。

「ひゃ……ひゃあああああ⁉」

仕掛けたロープに捕縛《ほばく》された物体は悲鳴を上げた。

眩《まばゆ》いライトが点灯して辺りを照らす。

「圭史郎さん、かかりましたよ！」

「捕まえたぞ。おまえがつまみ食いの犯人か」

私たちは身を潜めていた戸口の陰から出て、厨房に踏み込んだ。

真犯人を捕まえるため、私と圭史郎さんは現場で張り込みを行っていたのだ。

冷蔵庫を開けると罠が作動して、開けた者をロープで締める仕掛けを施していた。圭史郎さんとふたりで作成した罠は思いのほかばっちりだったようだ。こんなに見事に犯人が引っかかるなんて。

圭史郎さんは手にした懐中電灯の明かりを、犯人に向けた。

その姿を目にした私たちは一瞬、言葉を失う。

「ネズミ……」

灰色の毛に大きな前歯。小さなかぎ爪のついた手は空を掻《か》く。

子鬼たちと同じくらいの大きさをしたネズミは、足を吊られてもがいていた。

キッと、私たちを睨《にら》みつけて牙を剥く。

「なにすんだ、おまえら！　おれはネズミなんかじゃない、人間だぞ！」

「……えっ？」

ネズミがそう叫んだので、私は目を瞬《またた》く。

どこから見てもネズミにしか見えませんけど……

だけど彼は喋れるので、普通のネズミではない。冷蔵庫を開ける知能もある。その正体はあやかしだ。

圭史郎さんはロープを摘《つ》まみ上げて、捕獲した自称人間のネズミを眺めた。

「こいつは鼠又《ねずまた》だ。ほら、尻尾が二本あるだろ」

丸いお尻を見ると、ピンク色をした長い尻尾が二本生《は》えている。

「本当に二本ありますね。まるで猫又《ねこまた》みたい」

「猫又《ねこまた》がいるんだから、鼠又《ねずまた》もいる。やつらは永遠の好敵手《ライバル》だからな」

この子は鼠又《ねずまた》という、ネズミのあやかしらしい。

けれど、人間だと主張しているのが気になる。人間なら、なおさらつまみ食いなんてしてはいけないとわかっているはずだ。

「私は花湯屋の若女将《わかおかみ》をしている、花野優香です。あなたが厨房でアイスや小麦粉をつまみ食いしたんですか？」

私が訊ねると、鼠又《ねずまた》はむっとしたように唇を尖《とが》らせ手足をばたつかせた。

「おろせ、おろせー！」

くるりと器用に身を翻《ひるがえ》した鼠又《ねずまた》は、圭史郎さんの手に噛《か》みつこうとした。すかさず圭史郎さんは首根を摘《つ》まみ上げる。

「つまみ食いするような、悪いあやかしには仕置きをしないとな。首を引き千切《ちぎ》るか」

鋭い眼光で見据えると、圭史郎さんの瞳の奥を見つめた鼠又《ねずまた》は震え上がった。

「ひいい……すみませんでした。おれがやりました。ゆるしてください」

「調子のいいやつだ」

「圭史郎さん、下ろしてあげてください。この子も謝っていることですし、きっと何か事情があるんですよ」

ちらりとこちらを見た圭史郎さんは、再び険しい目つきで鼠又《ねずまた》に問いかける。

「おまえがつまみ食いの犯人だと認めるんだな」

「はい。おれがやりました。アイス食べました」

「よし。放してやるが、優香に噛《か》みついたり逃げたりしたら、今度こそ首を千切《ちぎ》るぞ」

「わかりました。いい子にしてます」

硬直しながら棒読みで答えるさまは、まるで蛇に睨《にら》まれた蛙である。

素直になった鼠又《ねずまた》の足に絡まるロープを、圭史郎さんは解いてあげた。

ところが圭史郎さんが手を放した途端、鼠又《ねずまた》は素早い動きで走り出す。私に駆け寄ると、足許《あしもと》にしがみついて背後に隠れた。

「ふう、やれやれ。おっかないやつだ。おまえは明日、犬のフンを踏んじまえ」

魔の手から逃れたので、態度を豹変《ひょうへん》させる。

さりげなく呪いの言葉を吐く鼠又《ねずまた》を、圭史郎さんは心底うんざりした目で見やる。

私は足許《あしもと》の鼠又《ねずまた》を掬《すく》い上げた。

ふわふわの毛はとても手触りがよくて、丸い体はころんとしている。

抵抗することもなく私の手に収まった鼠又《ねずまた》は二本足で立ち上がると、胸を反らした。

「優香とか言ったな。おれの名は山田秀平《やまだしゅうへい》だ」

「えっ！　名前あるんですか？」

「あたりまえだろ。人間なんだから」

彼には人間のような苗字と名前があるようだ。

触れた感じは、ハムスターのような小動物特有の柔らかさがある。毛皮は滑らかで、お肉はぷにっとしている。私はふかふかのおなかをちょんと突《つつ》いてみた。

「はわわ、やめろ。くすぐったいだろ」

「本物の体ですね……。どうして人間だなんて言うんですか？」

中に入った小人がネズミの着ぐるみを被っているということではないとわかる。この体は間違いなく本体だ。

「うるさいな。じゃあ、優香はどうして人間なんだよ」

「え……。どうしてと言われても」

「ほらな。わからないだろ？」

「言われてみれば、自分が何者かを証明するのは難しいですね」

「ほらな、ほらな。だから、おれだってどうして人間かなんて、わからないんだよ」

鼠又《ねずまた》の秀平は得意気に胸を反らす。

昼は人間に変身するだとか、そういうことだろうか。あやかしなので、あるかもしれない。

圭史郎さんに目を向けると、彼は疑わしそうに首を捻《ひね》っていた。

「人間のくせに宿の厨房にこっそり忍び込んで、つまみ食いか。窃盗罪だな。人間ぽかんと口を開けた秀平は、つぶらな目をぱちぱちと瞬《またた》かせる。

「え……そうなのか？　悪いことだったのか？」

確認するように、私を見上げた。

どうやら、よいことと悪いことの区別がつかないらしい。彼にとって私たちは食事を邪魔する悪党だったようだ。ロープに吊られた秀平が怒っていたのも頷《うなず》ける。

「そうですね。悪いことをしたらおまわりさんに連れて行かれて、おうちにも連絡がいきますよ。人間なら」

圭史郎さんに倣《なら》ってそう言うと、秀平は俄《にわか》に慌てだした。チュウチュウというネズミ特有の鳴き声が零《こぼ》れる。

「知らなかったんだ！　仲間がいるような気配がしたから、うちからこの宿までやって来て……たのむ、ばあちゃんには言わないでくれ。心配かけたくないんだ」

「秀平には、おばあちゃんがいるんですか？」

「そうだ。おれの大事なばあちゃんだ。台所に入ったのも、ばあちゃんにどんどん焼きを作ってあげたくて、材料を探してたんだ。そしたら、アイスがいっぱいあったから、つい……」

どうやら、秀平には家族がいるらしい。おばあちゃんに何かを作ってあげたかったようだけれど、私には聞き慣れない単語だった。

「どんどん……焼き？　それ、なんですか？」

「なんだ。優香は若女将《わかおかみ》のくせに、どんどん焼きも知らないのか？」

狼狽《うろた》えていたはずの秀平は、偉そうに細い手を腕組みして胸を反らす。

「知らないんです。料理名ですか？」

秀平は黒い瞳をめいっぱい見開き、口を大きく開けた。わかりづらいけれど、驚いているらしい。

「ホントに⁉　あんなにおいしいどんどん焼きを知らないなんて、今までどうやって生きてこられたんだ⁉」

「そんなに衝撃的なことなんですか……」

どんどん焼きというのは、おいしい食べ物の名前らしい。すごく勢いのある名称だけれど、いったい何を焼くのか想像がつかない。

驚いてばかりで一向にその正体を教えてくれないので、見かねた圭史郎さんが口を開いた。

「どんどん焼きというのは……」

「ちょっと待て、おまえ！　おれが説明する！」

「俺の名は圭史郎だ。じゃあ、秀平。おまえがわかりやすく優香に教えてやれ」

えへん、と咳払いした秀平は、小さな手を腰に当てた。

「どんどん焼きってのはな……」

「はい。どんな食べ物なんですか？」

「ほかほかだ」

「……ほかには？」

温かいものらしいけれど、具材はなんだろうか。お菓子なのか焼き肉のようなものなのか、全くわからない。

秀平はきょとんとして小さな目を瞬《また》かせる。

「えっ？　ほかにはって？」

「具材は何を使用するんですか？」

「ぐざい？」

「どんどん焼きの材料です。秀平は食べたことあるんですよね？」

「もちろんだ！　ばあちゃんがおやつにいつもどんどん焼きを作ってくれたぞ」

「ということは、お菓子なんですね」

「えっ……えっと……」

秀平は首を捻《ひね》る。説明しようとしたものの、どんどん焼きが何から作られているのかよく知らなかったらしい。

「うーん……白い粉を使うのは見たことある。あと、黒いのが貼ってある」

「俺から説明していいか?」

嘆息した圭史郎さんの提案に、秀平は頷《うなず》いた。

「しょうがないな。おれはちょっと忘れちゃったから、圭史郎にまかせる」

「……どんどん焼きというのは、水で溶いた小麦粉の生地を鉄板で焼いて、割り箸に巻いたものだ。もんじゃ焼きからの派生で誕生したらしい。大正時代に東京で流行した。今では地方のローカルフードとして定着している。主にお祭りの屋台で売られているが、山形ではどんどん焼きのみを販売している店舗もあるくらい、ここではメジャーな食べ物だ」

「そうそう。おれも、そう言いたかった」

どんどん焼きとは、お好み焼きやたこ焼きに近い軽食のようだ。東京で流行した時代もあったようだけれど、私はどんどん焼きという食べ物の存在を初めて知った。

代弁してくれた圭史郎さんに、秀平は片手を振って促した。

「ぐざいはなんだっけ。教えてやれ、圭史郎」

「生地は小麦粉だ。それに魚肉ソーセージや海苔《のり》をのせる。仕上げにソースをかける」

「そうそれ。おれのばあちゃんが作ってくれたどんどん焼きと同じだ」

「秀平の言う、黒いのを貼るってのは、海苔《のり》のことだな」

「そう、海苔《のり》。おれも今、おもいだした」

うんうん、と秀平は圭史郎さんの言葉に神妙に頷《うなず》いている。

……本当にわかってたのかな？

自分は人間だと主張する秀平だけれど、人間社会について疎《うと》い気がする。

圭史郎さんは呆れた目で秀平を見ていた。

私は掌《てのひら》にのせた秀平に鼻先を近づけて問いかける。

「秀平は、おばあちゃんにどんどん焼きを作ってあげたいんですか？」

「そうなんだ！　ばあちゃんは年を取ったから、どんどん焼きが作れなくなったんだ。だから今度はおれが、ばあちゃんに作って食べさせてあげたい」

彼はおばあちゃんに、大好きなどんどん焼きを作ってあげたいという目標があったのだ。

厨房に忍び込むのはいけないことだけれど、無垢《むく》な秀平はどうやってどんどん焼きを作るのか、わからなかっただけではないだろうか。

秀平がおばあちゃんを想う気持ちを、応援してあげたい。

「それなら、厨房で作ってみましょうか？　それを、秀平のおばあちゃんに持っていってあげたらどうでしょう」

秀平は小さなふたつの瞳をきらきらと輝かせた。

「本当か⁉　作ってくれるのか？　おれは料理したことないから、優香に手伝わせてやってもいいぞ⁉」

どうやら秀平自身、助けを必要としていたようだ。私は苦笑しながら頷《うなず》いた。

「私も、どんどん焼きがどんなものか食べてみたいです。みんなで作りましょうよ」

「ちょっと待て、優香」

早速、圭史郎さんから『待て』が入る。

「妙じゃないか？　ばあちゃんのためにどんどん焼きを作りたいなら、なぜ花湯屋の厨房に忍び込む必要があるんだ。ばあちゃんは家にいるんだろ？　家の台所で、ばあちゃんに教わりながら作れば済むことだ」

秀平は小さな体を小刻みに揺らした。

うろうろと視線をさまよわせて、わかりやすく動揺している。

「それは、その、うちの台所は使えないんだ。ほら、ばあちゃんがどんどん焼きを作ってたのは、昔のことだから」

「どうして台所が使えないんだ？　おまえの家だろ。ばあちゃんのほかに家族はいないのか？」

「う……ん……」

俯《うつむ》いた秀平は指先をいじっている。

彼の家庭には、何やら事情がありそうだ。

「無理に事情を聞き出さなくてもいいじゃないですか、圭史郎さん。おばあちゃんのために、どんどん焼きを作ってあげましょうよ」

「そ、そうだぞ！　優香の言うとおりだ。どんどん焼きを作ってくれたら、おれはもう絶対にここに忍び込んだりしない」

双眸《そうぼう》を細めて秀平を見定めていた圭史郎さんは、やがて嘆息する。

「まあ、いいけどな。その代わり、条件がある」

「じょうけん？　なんだ？」

秀平は小首を傾げた。

花湯屋を訪れたあやかしが満たさなければならない条件を、圭史郎さんは告げた。

閑静な銀山温泉街に、眩《まばゆ》い朝陽が降り注ぐ。

厨房の捕り物騒ぎから明けた翌朝。

花湯屋の玄関先には、子鬼の茜《あかね》と蒼龍《そうりゅう》に伴われた秀平が姿を現した。

朝陽を浴びたら人間に変身するというようなことにはならず、彼は昨夜と同じネズミのままである。

「秘密の銀鉱か……。こいつらと行くのか」

秀平は緊張しているようで、子鬼ふたりに不安げな視線を送る。

どんどん焼きを作る条件として圭史郎さんが提示したのは、秘密の銀鉱から銀を採取してくることだった。

花湯屋に泊まるあやかしのお客様には、銀粒をお代として払ってもらっている。すでに閉山している銀鉱山だけれど、あやかしのみが出入りできる秘密の銀鉱が今も残されており、そこから銀を採取できるのだという。

秀平はその場所を知らないので、子鬼たちに案内してもらうことになった。

「あたしは茜。よろしくね、秀平」

「オレは蒼龍。オレたちは毎日、銀を採りに行くんだ。秀平もオレたちと同じで小さいから、通路を通りやすいだろ。すぐに秘密の銀鉱に行けるぞ」

左右対称のポーズを取って自己紹介した子鬼たちに、秀平は唇を尖《とが》らせる。

「ふん。おれは小さいけど、おまえらとは違うんだぞ。おれは人間なんだからな」

茜と蒼龍は顔を見合わせる。

無理もない。秀平の姿は、どこから見てもネズミそのものだ。

ふたりだけの円陣を組んだ茜と蒼龍は、ひそひそと相談を始めた。

「人間なら、あたしたちと話せないよね？　あやかしのネズミだよね」

「オレ知ってる。尻尾が二本あるから、あいつは鼠又《ねずまた》っていうあやかしだぞ」

「鼠又《ねずまた》がどうして人間だって言うのかな？」

「秀平のやつ、まだわかってないんじゃないか？　ほら、オレたちもそうだったろ」

目の前で話しているので、全部私たちに聞こえている……

茜と蒼龍は、秀平の言い分を尊重してあげようという結論に達したようだ。

円陣を解いたふたりは秀平に向き直る。

「秀平は、人間だね」

「そうだね。チュウ平は人間ってことにしておくぞ」

「蒼龍、チュウ平なんて言ったらネズミの鳴き声みたいだね。秀平だね」

「あっ……しっぱい、しっぱい。秀平、秀平」

見守っている私と圭史郎さんの頬が引き攣《つ》る。とても気まずい。

怒りでぷるぷると体を震わせる秀平が何か言う前に、圭史郎さんは三人を追い立てた。

「おまえら、さっさと行ってこい。帰ってきたら、どんどん焼きを作るぞ」

「準備して待ってます。気をつけて行ってきてくださいね」

私と圭史郎さんに見送られ、子鬼ふたりは花湯屋の玄関を出て行く。秀平も渋々といった体《てい》で、茜と蒼龍のあとを四つ足になり追いかけていった。

外でお座りしていたコロさんが手を振る。

「いってらっしゃい。気をつけてね」

「行ってくるね、コロ」

「行ってくるぞ、コロ」

コロさんと軽快な挨拶を交わす子鬼たち。ところが秀平はコロさんの傍を通り過ぎる間際《まぎわ》、驚いて飛び退いた。

「ひええ、犬だ！　おい待て、おまえら」

秀平と子鬼たちは銀山川沿いの路《みち》を駆け、銀鉱のある奥のほうへ消えていく。

人間と言い張る秀平だけれど、犬に驚いたり、走るときは四つ足だったりと、限りなくネズミの生態に近いようだ。

三人の背中を見送りながら、私は圭史郎さんに問いかけた。

「……圭史郎さん。秀平は、あやかしになる前は人間だったんでしょうか?」

秀平が地獄からやってきた上級あやかしには見えない。おそらく彼の家はこの近くにあって、そこにおばあちゃんと住んでいたのではないだろうか。

子鬼の茜と蒼龍も、秀平は自分があやかしになったことをまだわかっていないのではないかと言っていた。彼は自分が鼠又《ねずまた》になったことを、受け入れられないのだ。

圭史郎さんは訝《いぶか》しげに首を捻《ひね》る。

「人間が雑種の鼠又《ねずまた》になるとは考えられないけどな。秀平の思い込みじゃないか?」

「雑種じゃありません。こまもふです」

「ああ……コマモフな。わかったわかった」

「思い込みだとしても、私たちが秀平のおばあちゃんに会えば、事実が全部わかってしまいますよね」

「そういうことになる。ネズミの巣に、どんどん焼きを届けることになるだろうな」

圭史郎さんは、秀平のおばあちゃんもネズミだと予想しているようだ。

秀平の言うとおり、彼が実は人間だとしたら、彼のおばあちゃんは人間であるはず。

逆に圭史郎さんの予想どおり、秀平がもとからネズミであるなら、おばあちゃんもネズミだろう。

それも、おばあちゃんにどんどん焼きを届ければ判明する。

「私は秀平の言うことを信じます。理由もなく人間だと主張するわけありませんから。きっと人間のおばあちゃんが、秀平のためにどんどん焼きを作ってくれていたんですよ」

秀平がおばあちゃんを思う気持ちを大切にしてあげたい。素直じゃないところもある秀平だけれど、彼がおばあちゃんのためにどんどん焼きを作ってあげたいという真心を、おばあちゃんへ届けてあげたかった。

圭史郎さんは双眸《そうぼう》を細めたけれど、反論しなかった。

くるりと踵《きびす》を返した圭史郎さんは玄関をくぐる。

「どんどん焼きの準備をしよう。それが今日のおやつだ」

「はい！」

私は圭史郎さんを追いかけて、共に臙脂《えんじ》の暖簾《のれん》をくぐった。

どんどん焼きは、お好み焼きと同じように鉄板で作る。

厨房に入った圭史郎さんはテーブルサイズの鉄板を取り出してコンロにセットした。私もお手伝いをするため、小袖の着物に白い割烹着《かっぽうぎ》をすっぽり被る。手を洗ってから、ボウルなどの調理器具を用意した。

「えっと、材料は小麦粉とお水と……海苔《のり》がいるんですよね」

全型の焼海苔《のり》が入った袋を手にする。おにぎりを巻くのに使用する大きなものだ。

私と圭史郎さん、茜に蒼龍、コロさんと秀平で六人分。おばあちゃんへのおみやげも数に入れると、焼海苔《のり》はたくさん必要だよね。私は戸棚から一パック十枚入りの全型焼海苔《のり》をいくつも取り出す。

すると、油ひきを準備していた圭史郎さんが、眉を跳ね上げながら振り向いた。

「ちょっと待て。まさかその海苔《のり》で、どんどん焼きを丸ごと巻こうなんて思ってないよな」

「えっ？　おにぎりみたいに巻くんじゃないんですか？」

「……優香に任せてたら、新種のどんどん焼きが誕生しそうだな。そのままじゃ大きすぎる。小さく切ってくれ」

おにぎりのように、くるりと海苔《のり》で巻くわけではなさそうだ。

どんどん焼きを見たことがないので具体的なイメージが湧かない私は、海苔《のり》を切るための鋏《はさみ》を手にして首を捻《ひね》る。

「小さく……どのくらいですか？」

圭史郎さんは面白そうに口端を引き上げた。

「任せる」

どうやら圭史郎さんは、新種のどんどん焼きを誕生させたいらしい。

悩みつつ香ばしい海苔《のり》に鋏《はさみ》を入れた。

厨房で準備を整えていると、玄関のほうから可愛らしい声が響いてきた。

「ただいまー！」

「優香、ただいまー！」

子鬼ふたりの声だ。銀を採掘して帰ってきたらしい。

私は厨房を出ると、玄関へ続く廊下を駆けた。

臙脂《えんじ》の暖簾《のれん》の向こうに、茜と蒼龍が走り込んでくる姿が見える。その後ろから秀平が四つ足で駆けてきた。

「おかえりなさい。秘密の銀鉱はどうでした？　秀平も無事に採取できましたか？」

「ふん。これくらい簡単だ。ほらよ」

秀平は口に銜《くわ》えていた銀粒を、ぽとりと私の掌《てのひら》に落とした。

小さな銀粒は、きらきらに光り輝いている。

なぜか濡れているのは、秀平の涎《よだれ》のようだ。四つ足で走るから、口に銜《くわ》えて持ち運ぶしかないわけで……

私は頬を引き攣《つ》らせながら、涎《よだれ》でべたべたの銀粒をそっとハンカチで拭いた。

茜と蒼龍も掌《てのひら》に握っていた銀粒を、それぞれ私に手渡す。

ふたりは毎日秘密の銀鉱へ赴いて銀粒を採取しているので、手慣れたものだ。

「はい、あたしたちの分ね」

「いつもふたりだから、今日は秀平もいて楽しかったぞ」

「ありがとうございます。みんな無事でよかったです。ところで……」

私は、ちらりと秀平に目を向けた。

彼は小さな手で無心に顔を撫《な》でている。どうやら顔を洗っているらしい。ハムスターやウサギなどの小動物が行う仕草だ。

秀平は人間だと主張するけれど、彼の行動はネズミそのものだ。秀平自身に違和感はないのだろうか。

「秘密の銀鉱での秀平はどんな様子でしたか？」

茜と蒼龍に小声で訊ねると、ふたりは顔を見合わせる。

「上手だったね。穴をくぐり抜けるのも楽々だし、足もあたしたちより速かったね。ネズミ……っぽい人間だからだね」

「牙があるから銀の壁を削るのも簡単にできてた。ネズミ……っぽい人間だからだな」

茜と蒼龍は黄金色の目をぱちぱちと瞬《またた》かせながら、秀平がネズミの身体能力を最大限に生かしていたことを報告してくれた。

「そうでしたか……」

子鬼たちは秀平に気を遣ってくれている。秀平が人間だと訴えているのは彼の思い込みだと、ふたりは察しているようだ。

顔を涎《よだれ》でぴかぴかに磨いた秀平は、晴れやかな顔をしていた。

「約束どおり、銀を採ってきたぞ。これで、どんどん焼きを作ってくれるんだよな？」

「ええ。もう準備はできてますよ」

「おれもやる！　ばあちゃんに届けるどんどん焼きは、おれが作りたいんだ」

「そうですね。おばあちゃんへのおみやげは、ぜひ秀平が作ってあげてください」

「もちろんだ！」

厨房へ向かう前に、神棚が飾ってある小さな部屋へ入る。ひょうたんに、お代の銀粒を入れるためだ。あやかしのお客様からいただいた銀粒は、すべてこのひょうたんに入れる決まりになっている。

三人からいただいた三つの銀粒を、私はひょうたんの口に近づける。

リーン……と涼しげな音を鳴らしながら、銀粒はひょうたんの奥に吸い込まれていった。

「今日もお代をいただきました」

私の足許《あしもと》にいた秀平は唖然として見ていた。

「なんで捨てるんだ？　銀は、なくなっちゃったのか？」

「いいえ。捨てたんじゃないですよ。この不思議なひょうたんは……」

実は秘密の銀鉱へつながっていて、お代として頂戴した銀粒は銀鉱に戻る仕組みになっている。

こうして永遠に銀がなくならなければ、あやかしのお客様はいつまでも花湯屋を訪れてくれるわけなのだ。

この仕組みを作ったのは花湯屋の初代当主らしい。それらのことを以前、心を読むフクロウ、ヨミじいさんに教えてもらったのだった。

言いかけた私を遮るかのように、茜と蒼龍は肩に飛びのってきた。

「優香、だめだめ。ひょうたんのことは秘密だね」

「優香、だめだめ。あやかし使いの末裔《まつえい》が秘密をばらしちゃいけないぞ」

ふたりはそれぞれの手を私の口許《くちもと》に寄せて、口を塞《ふさ》ぐ仕草をする。

まあ……手が短いので口に届いてないけれど。

茜と蒼龍の助言に口を噤《つぐ》んだ私を見て、秀平はぷうと頬を膨らませた。

「なんだよ。せっかく採ってきたのに、なくなったら困るだろ」

「なくなってはいませんよ。三人が採取してきてくれた銀粒は、きちんとありますから」

秀平の小さな体を掬《すく》い上げて、目を合わせる。

つぶらな黒目は、じっと私を見つめると、ふいと斜め上に逸らされた。

「ふ、ふん。そんなこと、おれは人間なんだからわかってる。いちおう聞いただけだ」

「ふふ。そうですね」

「もう用は済んだだろ。どんどん焼きを作るぞ！」

ちょろりと秀平は身を翻《ひるがえ》して、私の首根へ回った。どんどんとお尻を弾ませ、早く動けと要求する。三人のると結構重いので、肩の上で暴れるのはやめてほしい……

「はいはい。じゃあ厨房へ行きましょうね」

「あたしたちは食べる係だから、あやかし食堂で待ってるね」

「オレも。今日のおやつはどんどん焼きだね。楽しみにしてるぞ」

子鬼ふたりは華麗に私の肩から飛び降りると、食堂へ入っていった。ふたりは狭いところが好きなので、料理ができあがるまでキャビネットの裏で休んでいるのだろう。私と秀平はその後ろ姿を見送り、厨房へ向かう。

厨房に入ると、圭史郎さんは小麦粉を水で溶いていた。菜箸でタネを掻《か》き混ぜる軽快な音が鳴り響いている。

「来たか。準備はできたぞ。あとは焼くだけだ」

作業台には輪切りにした魚肉ソーセージに、刻んだ焼海苔《のり》、それにどんどん焼きを巻きつけるための割り箸などが並べられている。

秀平はそれらの材料を目にするなり、あんぐりと口を開けた。

「おい……なんだあれは⁉」

「えっ？　どうかしましたか？」

「海苔《のり》だよ！　なんであんな切り方なんだ⁉」

焼海苔《のり》は細い短冊形《たんざくがた》に切ってある。丁度、お蕎麦《そば》にかけるような細切りだ。それが大量に器に盛られていた。

「私が切ったんですけどね……。どんどん焼きに海苔《のり》を巻きつけるわけじゃないと圭史郎さんに聞いたので、細かく切ってみました」

これを生地に振りかけるのかなと思ったけれど、どうやら実際に使用する形とはかけ離れていたようだ。

「チューッ！　優香は、なんにもわかってないな。どんどん焼きをなんだと思ってんだ！」

どんどんと、秀平は私の肩でお尻を跳ねさせる。

抗議のお尻落としを食らった私は涙目になって、海苔《のり》の山をしょんぼりと眺めた。

「こうじゃなかったんですね……。圭史郎さん、教えてくださいよ」

「海苔《のり》の大きさにルールなんてないんだけどな。さすがに俺もそこまで細かくするとは思わなかった」

肩から下りた秀平は、作業台の上に置いてあった袋から海苔《のり》を取り出した。

「おれが切ってやる。どんどん焼きの海苔《のり》はな、こうだ」

べり、と手で千切《ちぎ》るので、私は慌てて秀平を止めた。

「秀平、待ってください！　作業の前は手を洗ってください！」

「あっ、そうか」

そこかよ……と呟く圭史郎さんの隣で、私は掌《てのひら》にのせた秀平を蛇口まで持っていく。秀平は蛇口から流れ落ちる水で丁寧に小さな手を洗った。

熱された鉄板におたま一杯分の生地を落として、縦長に引き伸ばす。

それを三つ並べた圭史郎さんは、具材を手にして待ち構えている私と秀平を促した。

「手前に具をのせてくれ。生地を返して巻いたとき、具が上になるようにな」

練色の生地の上から青のりをぱらりと振り、私は輪切りの魚肉ソーセージをひとつのせた。秀平はソーセージの隣に、自らが千切《ちぎ》った海苔《のり》をひょいと置く。

ジュウジュウと湧き上がる音と香ばしい匂いが、心を躍らせる。

「ソーセージと海苔《のり》は巻いたときに見えるようにするんですね。ソーセージを丸ごと中心に入れて、外側を海苔《のり》でぐるりと巻くような形を想像していました」

「どんどん焼きは外側を飾るのが主流だ。見た目で楽しめるようにという意味もあるんだろうな」

秀平の切ってくれた海苔《のり》は、五センチほどの四角形だ。鋏《はさみ》ではなく手で千切《ちぎ》ったので、ところどころ形が歪んでいるけれど、手作り感があってよいのではないかと思う。

頃合いを見た圭史郎さんは、生地を鉄へらで返した。きつね色に焼けた生地にソースを一塗りしてから、生地の手前を二本の割り箸で挟むようにする。巧みにへらを操りながら、割り箸をくるくると回して、生地をきつめに巻きつけていく。

「そら、一本できたぞ。ソースを塗ってくれ」

「おれがやる！」

刷毛《はけ》を手にした秀平は、ソースを入れた器に毛先を浸《つ》けた。

濃厚なソースの香りが厨房に漂う。

「たくさん塗るんですか？」

「うん。仕上げにソースをたっぷり塗るから、どんどん焼きはおいしいんだ。ばあちゃんはすごく上手に塗ってた」

体より大きな刷毛《はけ》を懸命に操り、秀平はほかほかのどんどん焼きにソースを塗りつけていく。圭史郎さんは次々に生地を焼いては割り箸に巻いていくので、大皿にはどんどん焼きがどんどん積み重ねられた。

私もソースを補充したり、新たなお皿を出したりと忙しく調理を手伝う。

やがて最後の生地で焼いたどんどん焼きに、ソースが塗られた。

「それで終いだ」

圭史郎さんはコンロの火を止め、鉄板に水を流し入れる。残ったおこげを鉄へらで削り取っている。

刷毛《はけ》を置いた秀平は息を吐いた。

「ふう……。おれ、がんばった……」

秀平の顔や体は、作業中に飛び散ったソースでまだら模様になっている。

私は微笑みながら、キッチンペーパーで秀平の体に跳ねたソースを拭った。

「あうう、やめろ」

「たくさん、がんばりましたね。おばあちゃんへのおみやげは、どのどんどん焼きにしますか？」

「ええと……そうだなあ」

小さな手で顔を撫《な》でた秀平は、大皿に盛られたどんどん焼きを吟味した。大きさに差はなく、どれも同じ位置にソーセージと海苔《のり》が飾られている。

「これかな。これがいちばんの力作だ。それから、これも。海苔《のり》の形がいちばんきれいだ」

秀平は二本のどんどん焼きを選んだ。私は透明パックにそれらを入れる。割り箸が持ち手になるので、とても楽だ。ソースが滴るほど塗られているので、零《こぼ》れないよう気をつけないと。

「おばあちゃん、喜んでくれるといいですね」

ソースが零《こぼ》れないよう、透明パックをビニール袋で包む。

はっとした秀平は、戸惑いと喜びの入り交じる顔で小さな手を握りしめた。

「うん……きっと、ばあちゃんは喜んでくれる……」

鉄板の後片付けを終えた圭史郎さんは、どんどん焼きの山を眺めて肩を竦《すく》めた。

「帰る前に、みんなでこれを食べるか。子鬼たちも腹を空かせてるだろ」

「そうだな。あいつらも小さいのに、秘密の銀鉱でがんばって銀を採ってたからな」

秀平が晴々《はればれ》とした表情をして胸を反らすので、思わず笑いが零《こぼ》れた。

あやかし食堂に歓声が響いた。

どんどん焼きの大皿を食堂のテーブルにのせると、食欲をそそるソースの香りが辺りに満ちる。ほかほかのどんどん焼きはとてもおいしそうだ。

待ちかねていた子鬼たちは諸手を挙げて喜んでくれた。

「できた、できたね。どんどん焼きだね」

「どんどん焼きだね。おいしそうだね」

秀平は温かそうな湯気を上げるどんどん焼きの前で、手を腰に当て胸を反らした。

「どうだ。おいしそうだろう。おれが、お手伝いたちと作ったんだぞ。子鬼たちは今日、がんばったからな。とくべつに食べさせてやる」

まるで秀平がメインで作ったかのような態度なので、子鬼たちも私も圭史郎さんもそれぞれ目線を交わす。

圭史郎さんがどんどん焼きの生地を焼いてくれたのであって、秀平はお手伝いじゃないかな……。銀粒の採取も子鬼たちに案内してもらったのに、自分が先導したかのような言いぶりだ。

圭史郎さんは呆れた眼差しを秀平に投げた。口端を引き攣《っ》らせる私の傍で、茜と蒼龍は円陣を組む。

「秀平がお手伝いだよね。どんどん焼き作ったのは圭史郎」

「だよね。秀平が焼いたら、ヘラの重さで体が潰れちゃうね。今ごろ鉄板でぺちゃんこになってる」

容赦のないひそひそ話を耳にして、私は微苦笑をもらし取り皿を配る。

コロさんだけは、とびきりの笑顔だった。

「ありがとう、秀平さん。どんどん焼きのおやつ、僕もごちそうになるね」

「おう。犬にもとくべつに食べさせてやるからな。ありがたく食え」

「わぁい、いただきます！」

無垢《むく》なコロさんから感謝された秀平は、いっそう胸を反らして顎を上げる。

反り返りすぎて、ころんと後ろにひっくり返ってしまった。

私は小さな秀平の灰色の体を、ひょいと掌《てのひら》で起こす。

「さあ、どんどん焼きをいただきましょう」

割り箸を掴んだみんなは、それぞれの取り皿にどんどん焼きをのせる。茜と蒼龍は、
ふたりでひとつのどんどん焼きを皿に運んでいる。

ところが秀平は割り箸に飛びつくと、じたばたともがいていた。どうやら彼の体より、
どんどん焼きのほうが重量があるので持てないようだ。

「はい、秀平のどんどん焼きはこれでいいですか？」

私がどんどん焼きを皿にのせてあげると、秀平は笑顔を弾けさせる。

「おう。これでいいぞ」

用意が整い、みんなで「いただきます」と唱和する。

割り箸を手にした私は、初めてどんどん焼きを口にした。

濃厚なソースの旨味が口の中いっぱいに広がる。もっふりとした生地は温かくて柔ら

かい。海苔《のり》と魚肉ソーセージがアクセントとなって、生地と混じり合い、飽きない噛《か》み応えだ。そして鼻腔を抜けていく、ふくよかなソースの香り。

「どんどん焼きって、すごくおいしいですね……！」

私は感動して、どんどん焼きにかじりつく。

「そうだろ？　おれのばあちゃんが作ってくれたどんどん焼きほどじゃないけどな。これも、まあまあだぞ」

顔を上げた秀平の口許《くちもと》はソースまみれだ。同じく口許《くちもと》がソースだらけの茜と蒼龍が笑う。

「まあまあっていうわりには、秀平はすごい速さで食べてるね」

「口のまわりがソースだらけだぞ」

「おまえたちだって」

小さな三人は、あははと笑った。

どんどん焼きは小さなあやかしにとっては、とても大きいので、直《じか》にかぶりついたら顔が汚れてしまう。三人よりは体の大きなコロさんは、ぺろりと平らげると、舌を出して口許《くちもと》についたソースを拭っていた。きっと私の口許《くちもと》にもソースがついてるんだろうな。

私は楽しげなあやかしたちを見守りながら、どんどん焼きを頬張った。

そうしていると、ふいに疑問が浮かぶ。

「そういえば……どんどん焼きの、『どんどん』は、どういう意味なんですか？」

この食べ物のどこが、どんどんを表しているのか不思議だ。

食材には『どんどん』という言葉が含まれるものはない。

器用に割り箸を回しながら食べている圭史郎さんが答える。

「諸説あるんだが、どんどん売れるからだとか、生地を巻きつけるときに、ヘラでどんどん押すからだとか言われている。だが、この食べ物がどんどん焼きと名付けられ、かつ東北地方に根付いたのには理由がある」

「それはなんでしょう？」

「言いやすいからさ。濁点を多用する東北訛《なまり》では、『どんどん』と口にすることが心地好くて、かつ馴染《なじ》み深いんだ」

「なるほど。どんどんって、なんだか勢いがあるので何度も言いたくなりますよね」

「まあ、これは俺の説だけどな」

言いやすいからというのは、圭史郎さん独自の解釈らしい。

けれど私はその説を、もっともだと感じた。

「私は圭史郎さんの説を推します。どんどん焼きと命名されたのは、『どんどん』と言いたいからですね」

「優香。もっと、どんどん食べろ。どんどん焼きはたくさんあるぞ」

「圭史郎さんこそ。どんどん食べてくださいよ。どんどん焼き、おいしいですよ」

私たちは笑い合いながら、割り箸をくるくると回して、どんどん焼きを頬張る。

おいしくて食べやすいどんどん焼きだけれど、私は唯一の難点に気がついた。

それは、最後の欠片《かけら》を食べるときに、生地が箸から落ちそうになるということだ。屋外で食べるときは気をつけないといけない。

私は口を大きく開けて、最後の一欠片《かけら》をキャッチした。

銀山温泉街を離れて、私と圭史郎さん、それに秀平の三人は尾花沢市の街へやってきた。

みんなでどんどん焼きを食べたあとは、いよいよ秀平のおばあちゃんが住む家を訪ねるため、軽トラにのり込んでやってきたのだ。

風呂敷包みの中のどんどん焼きは、まだほっこりと温かい。冷めないうちにおばあちゃんに食べてもらおうということで、秀平の案内に従い、街路で車を降りたのだけれど。

「おばあちゃんの家はこの辺ですか？　秀平」

「……う……ん」

秀平は落ち着きなく周囲を見回しては、俯《うつむ》いている。花湯屋で胸を反らしていた姿とはまるで別人のようだ。おばあちゃんにどんどん焼きを届けられるというのに、どうしたのだろう。

圭史郎さんは閑静な住宅街を眺めながら、横目で秀平を見やる。

「秀平は、ばあちゃんと一緒に住んでるのか？」

「うん……まあ……そうだよ」

「だったら自分の家がどこなのか、わかるよな。どこのネズミの穴なんだ？」

むっとした秀平は圭史郎さんの足許《あしもと》にかじりついた。

眉をひそめた圭史郎さんは足を振って秀平を振り落とそうとする。

「おれのばあちゃんは人間なんだから、人間の家に住んでるに決まってるだろ！」

「わかったわかった。で、どの家なんだよ」

「ここだ！　どうだ、立派な家だろう」

駆けていった秀平は、一軒の家の前で私たちを振り返った。

家の門には「山田」と表札がある。秀平の苗字と同じだ。

その家はよくある一般的な家屋だったけれど、母屋の隣に敷地があり、特徴のある小屋が建てられていた。

人がふたり入ればいっぱいになりそうなその小屋には窓口が取りつけられているが、今は板で封鎖されていた。白いペンキの外装はところどころ剥げている。どうやらかつては店舗だったようだ。

色褪《いろあ》せた看板には、『ばあちゃんのどんどん焼き』と書かれていた。

秀平は母屋の玄関へ辿《たど》り着くと、じっと私たちを見上げる。

彼の実家なのだろうけれど、家を訪ねるには玄関扉を開けなければならない。その前に、設置されているインターホンを押さなければならないだろう。

圭史郎さんが躊躇《ちゅうちょ》なくインターホンを押すと、『はい』と応答する声が響いた。

女性の声だけれど、おばあちゃんというほどの高齢ではない声音だ。

秀平と圭史郎さんは黙然と私を見つめている。なんと私が応じなければならないらしい。まさか、鼠又《ねずまた》の秀平くんが帰ってきましたと言うわけにもいかない。慌てた私は咄嗟《とっさ》に挨拶した。

「は、はじめまして。私は花湯屋で若女将《わかおかみ》をしている花野優香と申します。今日は、おばあちゃんにどんどん焼きを届けにきました」

そうなんですか、と返事をした声の主は、すぐに玄関扉を開けてくれた。

出てきたのは五十代くらいの、もちろん人間の女性だ。彼女は私と圭史郎さんを交互に見る。

そして、思わぬことを言い出した。

「たまにいらっしゃるんですよ。おばあちゃんに会いたいと言って、贈り物をくださるファンの方が。でも、どんどん焼きを持ってきてくださったのは、あなたがたが初めてですね」

「え……？」

意味を掴みかねて、私は目を瞬《またた》かせる。

秀平のおばあちゃんは、ファンがいるような有名人なのだろうか。

「おばあちゃんは、有名な方なんですか？」

「あら……おふたりは、うちのお客さんだった方じゃないんですか？　ほら、隣に店があるでしょう。あの店舗で、どんどん焼きを販売していたんですよ。昔はね……」

女性は寂しげに目を伏せた。

店舗の寂れ具合から察するに、今は営業していないようだ。

そういえば店の名前は、『ばあちゃんのどんどん焼き』だった。おばあちゃんが店主としてどんどん焼きを作り、多くのファンが訪れる人気店だったようだ。

「おばあちゃんは、お元気ですか？」

「それが……せっかく来ていただいて悪いんですけど、会わないほうがいいと思いますよ」

私の足許《あしもと》に隠れていた秀平は、突然駆け出した。

廊下を走って、奥の部屋へ向かう。

「ばあちゃん！」

女性には、あやかしである秀平の姿は見えていない。

私は秀平を追いかけるため、女性に頼み込んだ。

「ぜひ、おばあちゃんに会わせてください。どんどん焼きを直接おばあちゃんに手渡したいんです。私たちの手作りなんです」

女性は迷っていたけれど、渋々通してくれた。

私と圭史郎さんは秀平が向かった奥の部屋へ行く。

扉を開けると、そこには椅子に腰かけた老齢の女性がいた。座っていても明らかなほど腰が曲がり、髪の毛は白髪だ。この人が、秀平のおばあちゃんだろう。

おばあちゃんは私たちが入室しても、こちらに目を向けようとしない。

テレビや外の景色を見ているわけでもなく、何かの作業をしているわけでもない。ぼんやりとして、ただ座っているだけのようだった。

秀平は、おばあちゃんの足許《あしもと》に駆け寄り、大声を上げた。

「ばあちゃん！　おれだよ、秀平だよ。帰ってきたよ！」

おばあちゃんは、ゆっくりと瞬《まばた》きをした。

顔を上げ、目の前に立つ秀平の姿をまっすぐに捉える。

「おや……秀平じゃないか。どこに行ってしまったのかと心配してたんだよ。帰ってきてくれたんだね」

「ばあちゃん……。おれのこと、わかるんだな」

「あたりまえじゃないか。秀平は、ばあちゃんの孫だもの」

秀平は涙で潤《うる》んだ小さな瞳で、おばあちゃんを見つめる。

「ばあちゃん、ばあちゃん……そうだよな。おれ、ばあちゃんの孫だよな」

おばあちゃんは慈愛に満ちた笑みを浮かべて、秀平に頷《うなず》いてみせた。

風呂敷の中のどんどん焼きが、ずしりと重みを増した気がした。

秀平の言うとおり、彼のおばあちゃんは人間だった。そして秀平を自分の孫だと言っている。

けれど、おばあちゃんは自分の孫がネズミであることに疑問を抱かないのだろうか。

それになぜ、あやかしである秀平の姿が見えているのか。

あやかしの姿が見えるとき。その条件のひとつとして、その人間の死期が近いことが挙げられる。

もしかして、おばあちゃんは……

膝の上にのった秀平を、おばあちゃんは皺《しわ》の刻まれた掌《てのひら》で愛しげに撫《な》で回していた。

私たちの背後にいた女性は、言いにくそうに話しかける。

「申し訳ないです。みっともないところをお見せして」

「え？　みっともないと言いますと……」

家に同居している彼女はおそらく、おばあちゃんの娘さんではないだろうか。

ということは、秀平の母親ということになる。

彼女には秀平の姿が見えていないようだけれど、息子の名前をおばあちゃんが呼んだのをみっともないとはどういうことだろう。

「母は年とともに認知症が進んでいるんです。店を閉めてからは、いつもああして独り言を喋っているんです。まるでそこに誰かがいるように」

「あ……それは……」

あやかしと喋っているんです、と私が言う前に、女性はたまっていた鬱憤《うっぷん》を晴らすかのように話す。

「秀平なんて、もっともらしく人様の前で呼んで……恥ずかしくてたまらないです。以前は私へのあてつけなのかと思って喧嘩もしましたけど、結局は寂しかったんでしょうね。昔はたくさんのお客様と話して、小学生が来たら無料でどんどん焼きを食べさせてあげたりしていたから、母の周りはいつも賑やかでした」

おばあちゃんは、娘さんの声が聞こえていないかのように、平穏な顔つきで秀平を撫《な》でている。

圭史郎さんは娘さんに訊ねた。

「この家に、秀平という名の、ばあちゃんの孫がいたんじゃないのか？　あなたの息子だろう」

瞠目《どうもく》した娘さんは、激しく首を左右に振った。

「とんでもない！　私は独身ですし、きょうだいもいません」

「なんだって？　じゃあ、秀平は何者なんだ」

娘さんは唇を噛《か》むと、俯《うつむ》いた。その表情には悔恨と苦悩が色濃く刻まれていた。

「孫の秀平なんて、初めからいないんです。私は独身で子どもを産みませんでしたから。

孫がほしかった母の、妄想なんですよ……」

私は言葉をなくして、おばあちゃんと秀平を見つめた。

そこには陽射しの中、孫を慈《いつく》しむ祖母の姿があった。

「……おばあちゃんに、どんどん焼きを食べてもらってもいいでしょうか」

「ええ、もちろんです。暴れたりはしないので、近づいても大丈夫です。今、お茶をお持ちしますね」

娘さんはお茶を淹れるために部屋から出て行く。私は風呂敷包みを手にしながら、おばあちゃんにゆっくりと近づいた。

「おや……どんどん焼きの匂いがするねえ。懐かしい匂いだねえ」

顔を上げたおばあちゃんだけれど、やはり私のほうを見ようとはしない。

まるでおばあちゃんの世界には、秀平とふたりきりであるかのように。

「ばあちゃん、おれ、どんどん焼き作ったんだ。こいつらに手伝ってもらった。ばあちゃんはおれによくどんどん焼きを作ってくれただろ？　今度はばあちゃんに、おれの作ったどんどん焼きを食べてほしかった」

「まあまあ、そうかい。嬉しいねえ。秀平が作ってくれたどんどん焼き、ばあちゃんが食べていいのかい」

「もちろんだよ！　ばあちゃんに喜んでほしくて、おれ、すごいがんばった」

「そうかい、そうかい。秀平はがんばりやだものねえ」

私は無言で風呂敷包みを解くと、パックを開いて、おばあちゃんの前に差し出した。

おばあちゃんは慣れた手つきで、すいと割り箸を掬《すく》い上げる。

どんどん焼きをひとくち口にしたおばあちゃんは、目を細めた。

「おいしいねえ。秀平が作ってくれたどんどん焼きは、とってもおいしい。よくがんばったねえ」

「ばあちゃん……ありがとう」

「いいこだ。秀平は、とってもいいこだねえ」

おばあちゃんは、膝の上の小さな秀平を優しく撫《な》でた。

辺りには、ソースの香りが切なく漂っていた。

おばあちゃんと娘さんに別れを告げて、私たちは山田家を辞した。おばあちゃんは最後まで、秀平以外の者に目を配ることも、言葉をかけることもなかった。

門の外までくると、秀平は来たときと同じように、また俯《うつむ》いた。

「……じゃあな。おれは、ここが家だから」

秀平は、花湯屋へは戻らないようだ。ここが彼の実家なのだから、当然かもしれない。けれど娘さんに真実を聞いたあとで、素直に喜ぶことはできなかった。

秀平という、おばあちゃんの人間の孫は、存在しなかった。孫が欲しいというおばあちゃんの願いが、山田秀平という人物を作り出したのだ。

夕焼け雲を背にした圭史郎さんは、淡々とした声音で秀平に問いかけた。

「秀平、おまえ、わかってたんだろ？　自分が本当は人間なんかじゃなく、ネズミだってことを」

私は目を見開く。

秀平はあんなに人間であると主張していた。あやかしだから、以前は人間だったのかもしれないと思っていたのだけれど。

「秀平……そうだったんですか？」

「外側はともかく中身が人間なら、おれは人間だなんて大声でアピールしないからな。己が矮小《わいしょう》な存在だと知っているからこそ、そう言うのさ」

ぎゅっと手を握りしめた秀平は、圭史郎さんが挑発的に言うのにも、黙っていた。

やがて、握りしめた手がぶるぶると震えだす。

「そんなの……わかってるに決まってるだろ！　おれは、死んであやかしになる前から、ネズミなんだから……」

ぽろぽろと、大粒の涙が秀平のつぶらな瞳から零《こぼ》れ落ちる。

「おれ、人間になりたかった……。ばあちゃんの孫に生まれてきたかった。おれなんか、ただのドブネズミなのに……ばあちゃんはおれにもどんどん焼きの欠片《かけら》を食べさせてくれたんだ。でも、あの女が毒入りの餌を撒《ま》いて……おれは死んじゃった。だけど鼠又《ねずまた》になったおれを、ばあちゃんは孫だって、秀平だって言ってくれた。おれ、幸せだった。それなのに、おれは、やっぱりネズミだったんだ……」

私は屈んで秀平の涙を小指の先で拭う。

秀平の涙はとても温かい。ほかほかのどんどん焼きと、同じ温かさだった。

「秀平は、おばあちゃんの孫ですよ」

しっかりと告げた私の言葉に、秀平は涙で濡れた目を瞬《またた》かせた。

「え……でも、孫っていうのは……」

「たとえ血のつながりがなくても、おばあちゃんは、あなたを孫だと認めています。それに、秀平の作ったどんど焼きをおいしいと言って食べてくれました。それでいいじゃありませんか。おばあちゃんの望む世界を、大切にしてあげてください」

人間でなくても、おばあちゃんにとって、秀平は大切な孫なのだ。

ふたりの様子を見た私には、それがよくわかった。

きっと、どんどん焼き屋を引退したおばあちゃんがゆっくり話せる唯一の相手があやかしの鼠又《ねずまた》であり、秀平であったのではないだろうか。

圭史郎さんも静かに頷《うなず》く。

「そうだな……ばあちゃんが心を許して話せるのは、おまえしかいない。ばあちゃんの残りの人生を共に過ごすのは、ばあちゃん孝行になるだろう」

秀平は小さな手で目許《めもと》を拭うと、俯《うつむ》いていた顔を上げた。

「そういえば、ばあちゃんは、秀平が人間だったらなんてひとことも言わなかった。秀平は大事な孫だって言って、いつもおれを撫《な》でてくれた。おれは、人間じゃなくても、ばあちゃんのそばにいていいんだな……」

きらきらとした瞳に、夕陽が映っている。秀平の小さな瞳の中の夕陽は、とても小さいのだけれど、その輝きは本物の夕陽と同じだった。

たとえ、なりたい自分になれなくても、誰かに必要とされるのならば、その人のために生きるのは充分に幸せなことだと私は思う。

「おばあちゃんの傍にいてあげてください。また、どんどん焼きを持ってきますね」

「うん……ありがとな」

私たちは秀平に別れを告げて、山田家をあとにした。

振り返ると、さらに小さくなった秀平は手を振っていた。私も手を振り返す。

傍から見れば、哀しいことかもしれない。

おばあちゃんはもしかしたら、人間とネズミの区別すらつかないのかもしれない。

それでも、おばあちゃんの心の平穏を最後まで守ってあげたい。

軽トラックを停めた駐車場まで戻る道すがら空を見上げると、夕陽が山の稜線に身を沈めるところだった。それから、すぐに天は藍の紗幕《しゃまく》で覆われる。

私は、ぽつりと呟いた。

「圭史郎さん……これで、よかったんですよね。おばあちゃんのためにも」

この結末が正しかったのかという迷いはいつもある。

もしも私が、おばあちゃんが元気な頃に訪ねていたなら、違った結果だったかもと思うのは傲慢なのだろうか。

秀平も、おばあちゃんに出会わなければ自分が何者かという葛藤を抱かずに済んだのだ。

圭史郎さんは私と同じ空を見上げながら、低い声音で述べた。

「愛しい孫が傍にいてくれて、幸せだ。ほかに望むものはない。……ばあちゃんの顔は、そう語っていた」

チャリ……と硬質な音を響かせて車の鍵を出した圭史郎さんは、軽トラックのドアを開けた。私も座席にのり込む。

軽トラックは銀山温泉へ向けて、藍色に染められた街を走り出した。

「……世の中には、いろんな幸せの形があるんですね」

「歪《いびつ》でもいいじゃないか。幸せと感じているなら、それでいい」

圭史郎さんの言葉が、胸に染みる。

夜空に輝く一番星を見つめながら私は、秀平を慈《いつく》しむおばあちゃんの満たされた表情を思い出していた。

閑話　ほわと最上《もがみ》川花火大会

立秋を過ぎれば、暦《こよみ》の上では秋になる。

日中は猛暑が続く銀山温泉だけれど、お盆を迎える頃の朝晩には、ひんやりした空気が漂うことも増えていた。

花湯屋の玄関前を掃き掃除していた私は、山間《やまあい》から昇る朝陽を見上げて目を細める。

今日も暑くなりそうだ。

「おはよう、若女将《わかおかみ》さん。早起きさんだね」

いつも早起きのコロさんが、眠そうな目を擦《こす》りながらやってきた。コロさんは、ちょこんと犬のお座りをすると、看板犬のポーズを取る。

「おはようございます、コロさん！　今の時期は学校が夏休みですからね。朝も余裕をもってお仕事ができます」

学校があるときは朝の支度で慌てふためいてしまい、花湯屋のことはコロさんやみずほさんたちに任せっきりだ。夏休み中くらいは若女将《わかおかみ》として、いつお客様が訪れてもよいように隅々まで掃除しておかないとね。

……でも、今日特に早起きしたことには理由がある。

私はコロさんに玄関前を任せると、早々に掃除用具を片付け、臙脂《えんじ》の暖簾《のれん》をくぐった。

すでに着物の袂《たもと》はたすき掛けにしてある。小走りで廊下を通ると、小袖の裾がはたはたと揺れた。

「さてと、次は朝ご飯の支度……を手伝うために圭史郎さんを呼んでこないと……あれ？」

談話室の傍を通ったとき、聞き覚えのある寝息が聞こえた。

——まさか。

そっと扉の隙間を開けて室内を見る。

ソファで紺色の法被《はっぴ》を胸にかけた圭史郎さんが、ごろりと寝転んでいた。

呆れた私は室内に入り、惰眠を貪《むさぼ》る圭史郎さんを揺り起こす。

「圭史郎さーん、昼寝にしては早すぎるんじゃないですか？　せめてお布団での朝寝坊にしてくださいよ」

早起きして布団から出て、ここですぐまた寝るとはどういうつもりなのだろう。

圭史郎さんは鬱陶《うっとう》しそうに眉根を寄せながら、掠れた声を絞り出した。

「……なんだよ。授業がある日は寝坊するくせに……夏休みなんだから、優香こそ寝てろ」

「そういうわけにはいきません！　今日は大事なイベントがあるから、私は早起きなんです。圭史郎さん、何かわかりますか？」

わくわくしながら問いかけるけれど、圭史郎さんは瞼《まぶた》すら開けない。ようやく面倒そうな呟きが返ってきた。

「……知るか」

「今日は最上川花火大会が開催される日なんです。夕方になったら、一緒に花火大会に行きましょうよ」

今夜は夏のイベントである大石田《おおいしだ》まつりが開催されると聞きつけたのだ。

大石田町は銀山温泉のある尾花沢市の隣、大石田駅を挟んだ西側に位置している。その町内を流れるのが、山形県の一級河川である最上川だ。今夜行われる最上川花火大会が、まつりの見所のひとつである。そのほかにも成人神輿《みこし》や灯籠《とうろう》流しもあり、屋台もたくさん出るらしい。

山形のまつりをまだ見たことのない私は、花火大会と聞いて心が浮き立った。けれどひとりで行くのは寂しいので、どうにか圭史郎さんやみんなと一緒に行きたい。

その計画を実行するべく、今朝は遠足に行く小学生のごとく早起きして気合を入れているというわけである。

「ねえ、圭史郎さん、みんなで行きましょう。いいでしょう？」

次第に圭史郎さんの体を揺さぶる私の両手は大きな動きになり、彼の胴はソファの上でゆさゆさと揺れる。強情な圭史郎さんは、「はあ……」と呟いただけで、まだ目を開けない。

もしかして、目やにで瞼《まぶた》が開かないとか？

私は圭史郎さんの瞼《まぶた》に、そっと手を近づけてみた。

瞼《まぶた》の皮膚にほんの少し指先が触れた、その瞬間。

俊敏な動作で私の手を、がしりと掴む。

「俺の瞼《まぶた》をこじ開けようとするな」

強い口調で告げた圭史郎さんは、私の手を慎重に引き離す。

「あ……ごめんなさい」

彼の瞼《まぶた》は、閉じたままだ。

私が何かすると思ったのだろうか。そんなつもりじゃなかったのに。

「無理に開けようとしたわけじゃないんです。目やにを取ってあげようと思って……」

「ちょっと待ってろ」

私の手を解放した圭史郎さんは、その手を自分の目に当てる。ややあって、彼はゆっくりと手を外す。同時に圭史郎さんの瞼《まぶた》も開いた。

寝ていたとは思えないような鋭い眼光は虚空を睨《にら》み据えている。

ふっと目許《めもと》を緩めると、彼はようやくこちらを見た。いつもの、気怠《けだる》そうな圭史郎さんの顔だ。

私は改めて謝罪した。

「すみませんでした、圭史郎さん。目を傷つけられると思ったんですよね」

「いや、そんなことを心配したわけじゃない。瞼《まぶた》を閉じているときは眼球がちょっとな……調整が必要なんだ」

調整とはどういうことだろう。確かに眠っているときは、睡眠の深さによって眼球運動しているそうだけれど。

首を捻《ひね》ると、気まずそうに視線を逸らした圭史郎さんは体を起こしてソファに座り直す。

「それで、花火大会がどうしたって？」

「そうなんです！　今夜は最上川花火大会があるんですよ。私も山形のおまつりに行ってみたいです。みんなで行きましょう！」

圭史郎さんは私の話に全く興味を示さず、エアコンのリモコンを手にしている。

訊ねてくれたからには連れて行ってくれるのかなと期待した私が浅はかだった。これは、「俺は花火大会なんか興味ない」という台詞《せりふ》が飛び出てくること必至だ。

エアコンからの涼しい風を浴びながら、私の頬が引き攣《つ》る。

「俺は花火大会……」

「そうだ！　茜と蒼龍にも聞いてみましょう。ふたりとも、花火大会に行ってみたいですよね？」

予想どおりの圭史郎さんの言葉を遮った私は援軍を得るべく、慌ててキャビネットの裏を覗《のぞ》き込んだ。

ひょいと顔を出した子鬼の茜と蒼龍は、とてて……と小走りでキャビネットの前に並んだ。ふたり同時に両腕を掲げて、大きく伸びをする。朝の体操かな？

「おはよう、優香」

「おはよう、圭史郎」

「あたしたち、花火大会をテレビで見たことあるよ」

「オレも。人がたくさんいたね」

「だから、行かないよ。人混みは苦手だもん」

「そうだな。テレビで見ればいいもんね」

両腕を掲げたまま、動かない子鬼の体操を見つめていた私は、ふたりの結論にがくりと肩を落とす。テレビで見ればいいから行かないだなんて、なんという出不精《でぶしょう》。

「そんなぁ……」

「残念だったな。今夜はスイカでも食べながら線香花火だ……って、何してんだ」

悠々と話していた圭史郎さんは、テーブルに上がってリモコンのボタンを押している茜を見咎《みとが》める。茜が切ったため、涼しい風を提供していたエアコンは送風口を閉じた。

「さむいね。消そうね」

「何言ってんだ。つけないと暑いんだよ」

リモコンを奪おうとした圭史郎さんの魔の手を華麗に避けた茜は、抱えたリモコンを蒼龍に手渡す。

「はい、蒼龍」

「圭史郎は文明の利器つかいすぎ。夏は暑いものだよね」

体ほどもあるリモコンを、ふたりはよいしょよいしょと協力して運び、キャビネットの裏へ入ってしまった。

子鬼たちは冷房が苦手らしい……

すぐさま圭史郎さんはソファから立ち上がり、鬼の形相《ぎょうそう》でキャビネットを揺らす。

「おいこら、返せ！　出てこい！」

「やだ」

「やだ」

冷房を巡る闘いは長引きそうだ……

このままでは今夜は花火大会に行けず、線香花火になってしまう。私は新たな味方を探すべく、悪戦苦闘してキャビネットを探っている圭史郎さんと籠城を続ける子鬼たちをひとまず置いて、廊下へ出た。

「そうだ、コロさんはどうかな？」

臙脂《えんじ》の暖簾《のれん》を掻《か》き分けて、玄関前へ出る。

お座りして通りを眺めているコロさんの茶色の毛が、朝陽を浴びて眩《まばゆ》く光っていた。

「ん？　どうしたの、若女将《わかおかみ》さん」

「コロさん……実はですね、今夜は最上川で花火大会があるんです。みんなで一緒に行きませんか？」

にこやかな笑みを浮かべて誘ってみたけれど、花火大会と聞いたコロさんは首を竦《すく》ませる。

「花火の音は大きすぎて怖いんだ。僕は留守番してるから、みんなで行ってきてね」

「そうですか……。コロさんは耳がいいですもんね……」

犬は聴覚に優れているので、打ち上げ花火は破裂音のように響いてしまうのかもしれない。留守番を宣言したコロさんと一緒に行くのは無理なようだ。

しょんぼりして屋内に戻った私は談話室の傍を通りかかる。

「譲歩してやろう。おまえたちの好きなおやつを作ってやる。特別メニューだぞ」

「ふうん……なんでも？」

「そうだ。なんでも作ってやる。だからさっさとリモコンを返せ！」

「あっ、圭史郎！　そんなに揺らしたら棚が壊れちゃう！」

ガタガタとキャビネットが揺れる音が廊下まで響いてくる。リモコンを巡る攻防は継続中のようだ。

私は裏の花湯屋を通り抜けて、事務室へ向かった。

今はお盆の期間中なので、花湯屋のスタッフさんたちは交代で勤務している。

誰か誘えないかな、と一縷《いちる》の望みを賭けて事務室を覗《のぞ》いてみる。

そこには女将の鶴子おばさんがデスクに腰かけていた。いつもの着物姿に眼鏡をかけて、帳簿を捲《めく》っている。

私に気がついた鶴子おばさんは顔を上げた。

「あら、優香ちゃん。どうしたの？」

もしかしたら、と思い、私は期待を込めた眼差しで聞いた。

「あのう……鶴子おばさん。今夜は最上川花火大会が開催されますよね？」

「ええ、そうね。私は花湯屋にいなければなりませんから、女将になってからは行ったことがありませんけれどね。最上川では灯籠《とうろう》流しも行われて、それは素晴らしい景色なのよ」

誘う前から断られてしまった……。女将である鶴子おばさんが花湯屋を離れることはないだろう。

「でも、鶴子おばさんも花火大会に行ったことはあるんですよね？」

「子どものときにね。うちは旅館業だから、家族みんなでというわけにはいかないでしょう？　どうしても花火が見たいと駄々《だだ》を捏《こ》ねた私を、圭史郎さんが連れて行ってくれたのよ」

「……え？　圭史郎さんが？」

鶴子おばさんが子どもの頃の話なのに、圭史郎さんが登場するのはなぜだろう。ふたりは親子ほども年齢が離れている。それとも、同名の別人を指しているのだろうか。

疑問を抱いた私を見た鶴子おばさんは、失言したと言わんばかりに口許《くちもと》を掌《てのひら》で覆う。

「あら……そうね。そういえばお盆のときに、花湯屋のみんなで撮った写真があるのよ。確か、地下のお蔵にアルバムが仕舞ってあるはずなの。優香ちゃんにも見てもらえたら、嬉しいわ……」

と言って、そそくさと帳簿に目を落とす。

『地下のお蔵』とは古い家具などを収納しておく地下倉庫の通称で、事務所前の廊下に入り口があるから、すぐそこだ。狭くて暗いところなので積極的には入りたくないけれど、お手伝いのため数回覗《のぞ》いたことがある。

「じゃあ、アルバムを拝見しますね」

「ええ……わからないことがあったら、圭史郎さんに訊ねてちょうだいね」

小さな声で呟いた鶴子おばさんが帳簿から顔を上げようとしないので、私は不思議に思いながらも地下のお蔵へ向かった。

廊下の途中にある古びた扉を前にして、ごくりと息を呑《の》む。

円形の把手《とって》は真鍮《しんちゅう》で作られていた。なんだか、あかずの間のような雰囲気のある扉だ。把手《とって》に手をかけて、ぐいと引くと、軋《きし》んだ音を立てながら扉が開いた。目の前には地下へ続く数段の階段がある。地下室特有の黴《かび》臭い匂いが漂ってきた。

地下と言っても納戸《なんど》くらいの広さしかないので、階段の向こうには使われなくなった家具が積まれている様子が暗がりの中に垣間《かいま》見える。

「きっとあそこだよね」

壁際の書架を見つけて、慎重に階段を下りる。使用しなくなった本棚に、古い書物が収納されているのだ。

地下のお蔵に電灯はないので、懐中電灯を持参しなければならないことを忘れていた。けれど廊下から明かりが届いているし、アルバムを発見したらすぐに戻るから平気だろう。

私は書架にずらりと並ぶ古めかしい書物の背表紙を眺める。その中に、アルバムらしき冊子を見つけた。

タイトルがなく、ざらりとした手触りのカバーには金の蔓《つる》が描かれている。

ぱらりとページを捲《めく》ると、サイズの小さな白黒写真が丁寧に貼りつけられていた。

「あ……ここ、花湯屋の前だ！　わあ、今と全然変わらないみたい……」

銀山温泉街を背景に、小さな子や仲居さんたちが笑顔で写っている。きっと花野家の人々や、花湯屋に勤めていた方たちなのだろう。花湯屋も銀山温泉も、今の建物になる前の古い街並のようだけれど、趣のある雰囲気は変わらなかった。

ふと、とあるページで私の手が止まる。

そこには一際大きなサイズの集合写真があった。

花湯屋の前に勢揃いした人々は、いずれも男性は法被《はっぴ》を纏《まと》い、女性は仲居の小袖を着用している。子どもたちは浴衣《ゆかた》姿だ。周囲の木々が繁っている様子から察するに、これが鶴子おばさんが話していた、お盆の時期に撮影した写真ではないだろうか。

浴衣《ゆかた》を着ている小学生くらいの女の子の顔立ちに、私は着目した。

「この子……鶴子おばさんだ！　可愛い！」

幼い鶴子おばさんの隣には、法被《はっぴ》を纏《まと》った男性が全体の中心に写っている。神妙な顔つきのその男性は、亡くなったおじいちゃんによく似ていた。

「もしかして、この人が……おじいちゃんの弟の孝二郎《こうじろう》さんかな？」

おじいちゃんの代わりに花湯屋を継いだ、先代の当主の孝二郎さんのようだ。当主を中心として皆が正面を向き、写っているのだけれど、ひとりだけよそを見ている人物が目に留まる。

よく見ようとしたけれど、白黒写真のせいか不鮮明だ。私は暗がりの中でアルバムを傾け、光に当てようとした。

そのとき背後から、ふわりとした柔らかな明かりが灯される。

「あ……見えた。ありがとうございます」

集合写真の端に写っているその男性は、顔を背けていた。法被《はっぴ》を纏《まと》っているので、彼も花湯屋の一員らしいのだが。

背格好から察するに、まだ若い男の人らしい。彼の髪は癖毛で撥《は》ねている。背けているものの目鼻立ちは整っていて、秀麗な容貌のようだった。

「え……まさか……圭史郎さん⁉」

鶴子おばさんが子どもなのだから、この写真は半世紀ほど前に撮影されたものだ。

なぜ圭史郎さんは、今と変わらない姿でこの写真の中にいるのだろう。

ということは、最上川花火大会のときに圭史郎さんが鶴子おばさんを連れて行ってあげたという話は、真実なのだろうか。

そのとき、背後から照らされていた明かりがチカチカと点滅した。

「ほわ……もう見ました？」

聞き覚えのない声に、はっとして振り向く。

ふわふわと空中に浮いている玉のような物体が発光していた。まん丸のそれには、小さな羽と嘴《くちばし》、それからつぶらな黒い目がふたつくっついている。まるで、丸いひよこのようだ。

「わあ、可愛い！　あなたが照らしてくれたんですね。もしかして、あやかしですか？」

掌《てのひら》で触れようとしたら、慌てたように小さな羽をばたつかせて離れる。

「だめ、触ったら、だめです……」

「あっ、ごめんなさい」

繊細だから触られるのは嫌なのかもしれない。私が手を下ろすと、あやかしらしきひよこは写真に目を落とす。

「ほわ……これ、あの日のお役目のとき……」

ふわりと漂いながら地下から出て行った。

この写真は半世紀前の今日なのだ。お役目とは、どういうことだろう。

私はアルバムを手にして、地下のお蔵を出る。

ところが廊下にくると、あやかしの姿は見えなくなった。

「あれ？　どこに……」

「ほわ……ここ……」

たどたどしい小さな声が聞こえる。目を凝《こ》らすと、あやかしひよこは輪郭のみを残して空中に漂っていた。どうやら明るいところでは光らないので、半透明になっているようだ。

「圭史郎さんなら、あなたのことを知ってるかもしれませんね。この写真のこともあるし、談話室に行ってみましょう」

「ほわわ……」

共に談話室へ向かうと、すでに冷房の闘いは決着していた。しっかりとリモコンを握りしめた圭史郎さんは、涼しい風を浴びながら仏頂面《ぶっちょうづら》を浮かべている。

入室した私に、彼は苦い顔で言い放った。

「今日のところは、冷やしラーメンで手を打った」

テーブルに並んで傲然《ごうぜん》と腕組みしている子鬼ふたりは、胸を反らす。

まあ……腕が短いので、いまいち組めていませんけども。

「冷やしラーメン、食べたいからね」

「夏限定だもんね。譲歩してやったぞ」

冷やしラーメンなる物を作ることを条件に、子鬼たちはリモコンを返してあげたようだ。

そのとき、私が手にしていたアルバムに、圭史郎さんが気づく。

「そのアルバムは……」

「あ、そうなんです。この写真なんですけど……」

写真のことを思い出した私は、アルバムを捲《めく》ってテーブルに広げる。子鬼たちがアルバムを取り囲み、はしゃいだ声を上げた。

「孝二郎が当主のときだね。懐かしいね」

「この女の子は鶴子だね。ふたりともあやかしが見えなかったね。だから孝二郎は圭史郎のこと、気味悪そうに見てた。独り言喋ってる死にぞこないって、ひどいこと……」

「おい、やめろ」

圭史郎さんの強い口調に、子鬼たちは顔を見合わせる。

私が着目した写真の端に写る人物を、茜は指差した。

「これ、圭史郎。この頃、居心地悪そうだったよね」

「孝二郎は圭史郎をうらやんでたんだ。自分が当主なのにあやかしが見えないから」

「やめろと言ってるだろ！　死んだ者のことを、今さらどうこう言うな」

談話室に沈黙が降りる。

私の知らない過去の花湯屋での人間関係を、子鬼たちと圭史郎さんは共有しているのだ。

この写真の人物はやはり、私の目の前にいる圭史郎さん本人なのだ。

ぽつりと、私は呟いた。

「この写真が撮影されたのは五十年ほど前だと思われますけど……圭史郎さんの姿は、今とちっとも変わらないんですね」

この頃に二十歳くらいだとしたら、現在はもう老人のはずだ。同じ年格好ということはありえない。

ぽかんとして私を見上げた茜と蒼龍は、それぞれ相手の口を塞《ふさ》ぐように急いで手を伸ばした。

「蒼龍、余計なこと言っちゃだめ」

「茜、あとは冷やしラーメンを食べるときだけ、口開けるんだ」

深い嘆息を零《こぼ》した圭史郎さんは、アルバムを取り上げる。そして無造作に閉じると肩に担いで、談話室を出て行った。

……が、無言で後ろ姿を見送っていた私たちに、扉の向こうから声がかかる。

「冷やしラーメン、食うんだろ？　おまえたちも手伝え」

私と子鬼たちは、「はぁい」と返事をして圭史郎さんのあとを追いかけた。半透明のあやかしひよこは私たちの後ろから、ふわりと続く。

お盆の厨房は、人の気配がなく薄暗い。遊佐さんは今日はお休みをとっているらしい。電気を点けようとしてスイッチを探った私は、ふとその手を止める。

「わあ……！」

ぱあっと、辺りが柔らかな明かりに満ちた。

蛍光灯とは違った、ぬくもりを感じさせる灯火だ。

見ると、先程地下のお蔵で出会ったあやかしが煌々《こうこう》と光を放っている。

「この子が、アルバムを一緒に見てくれたんです。光のあやかしでしょうか？」

調理の用意をしていた圭史郎さんは、軽く目を見開く。

「ほわだ。珍しいな」

「えっ？　なんて言いました？」

「こいつは、あやかしの『ほわ』だ。見てのとおり、明かりを放つあやかしだ。夜道を照らしてくれたりと人間の生活に欠かせない存在だったが、電灯が普及したことによって近頃はすっかり見なくなったな」

この子は、ほわという名のあやかしだったのだ。鳥のようにも見えるけれど、明かりのあやかしらしい。ほわほわ浮いて、「ほわ……」と呟いているので、納得の名前だ。

「ほわも、お手伝いしてくれるんですか？」

「ほわわ……」

喋るのは、あまり得意ではないらしい。ほわは作業台の上で小さな羽をぱたぱたと羽ばたかせながら、周囲を照らしてくれていた。

「よし、じゃあ冷やしラーメンを作るぞ。おまえたちは食材を切ってくれ」

「わぁい、キュウリを入れようね」

「わぁい、もちろんレモンもだぞ」

喜んで飛び跳ねる子鬼たちの口から、ラーメンに入れるとは思えない具材名が飛び出す。

「……それって、冷やし中華のことじゃないんですか？」

冷やしラーメンとは、聞き慣れない料理名だ。地域によって名前が変わるのだろうか。

圧力鍋をコンロにかけた圭史郎さんは、ニンニクやショウガ、鶏の胸肉を冷蔵庫から取り出した。どうやら、これらがスープの素になるらしい。

「冷やしラーメンは山形が発祥と言われている、冷たいラーメンだ。冷やし中華と違って酸味はなく、スープはたっぷりある。熱いラーメンと見た目は同じだな。夏らしい具材をトッピングするとうまいんだ」

スライスした材料を圧力鍋で煮込みつつ、キュウリやレモン、ワカメにチャーシューを用意する。私は包丁を持った子鬼たちに慌てて手を添えて、一緒に具材を切り刻んだ。

「あと、茹《ゆ》で卵もね」

「もちろんナルトもだぞ」

ラーメンのトッピングはたくさんあるから、揃えるのが大変だ。私は子鬼たちのリクエストに従い、卵を茹《ゆ》でたり、ワカメを水で戻したりと忙しく立ち回る。

その間にスープの味見を済ませた圭史郎さんは、完成したスープを鍋から移して冷蔵庫に入れていた。それから別の鍋で湯を煮立たせて、中華麺をほぐしている。

冷やしラーメンが完成に近づいてきたようだ。

どんぶりを用意しながら、私は頭上で光を灯してくれているほわに問いかけた。

「ほわも冷やしラーメン、食べますよね？」

「ほわぅ……ほわ、食べ物いらないのです……」

ほわは丸い体を、ふるふると横に振っている。浮いているほど軽いので、食べ物は必要ないのかもしれない。

麺を茹《ゆ》でている圭史郎さんは額に汗を滲《にじ》ませていた。

「そいつは水分しか摂らないんだ。せっかくだから、スープを飲めよ」

「ほわわ……それでは少しだけ……」

ふたりのやり取りを微笑みつつ眺めて、ほわの分の小どんぶりも用意する。

圭史郎さんが茹《ゆ》で上げた麺を湯切りで掬《すく》うと、ジャッと小気味よい音が鳴った。すぐに冷水に取って、麺を冷ましている。

「麺ができたぞ。どんぶりにスープを入れてくれ」

「はいっ」

私は冷蔵庫からスープの入った器を取り出した。鶏で出汁《だし》を取ったスープは、もう冷えている。それをお玉で慎重に掬《すく》い上げ、素早く各どんぶりに流し入れた。

とろとろに輝くスープに、黄金色の麺が投入された。

茜と蒼龍は切った具材を小さな手で、ぽんぽんとのせていく。

チャーシューにワカメ、半分に切った茹《ゆ》で卵、それに千切《ちぎ》りのキュウリを添えて。さらに輪切りのレモンと氷を浮かべる。

湯気の立っていない、涼しげな夏限定の冷やしラーメンはついに完成した。

あやかし食堂の窓辺に吊した風鈴が、チリン……と流麗な音色を奏《かな》でる。

人数分の冷やしラーメンを盆にのせて運びながら、コロさんを呼びにいこうと思っていると、なんとコロさんはすでに食堂の椅子にちょこんと腰を下ろしていた。彼は無垢《むく》な瞳に期待を浮かべて、こちらを見つめている。

圭史郎さんが、からかいを含んだ声をかけた。

「コロ、早いな」

「だっておいしそうな匂いが玄関まで漂ってくるんだもの。おなかがぺこぺこになっちゃうよ」

聴覚だけでなく、嗅覚にも優れているコロさんは、厨房の料理の匂いも嗅ぎ分けられるのだ。

みんなの期待に満ちた眼差しの中、私はできたての冷やしラーメンをそれぞれに配る。

圭史郎さんと私のは通常の一人前だけれど、コロさんのは小どんぶり、そして子鬼たちとほわに至っては、さらに小さな器だ。

スープしか入っていない小さなどんぶりを目にしたコロさんは首を傾げる。

「このどんぶりは、誰のためなのかな？」

「ほわ……」

光を放っていないほわは薄《うっす》らとした輪郭しか見えないので、ほとんど判別できない。

ぱたぱたと羽ばたき、小さなどんぶりの前に降り立ったほわを発見したコロさんは、嬉しそうに目を輝かせた。

「あっ……透明な鳥さんだね！」

光っていないときは透明な鳥に見えるかもしれない。けれど鳥に見えるのは小さな羽と薄い嘴《くちばし》のみで、ほとんど球体だ。

「鳥じゃないぞ。ほわの正体は……」

圭史郎さんは、なぜかそこで口を噤《つぐ》む。

代わりに、専用の小さな箸を手にした茜と蒼龍が訂正してあげた。

「ほわはね、明かりのあやかしなんだよ」

「オレ知ってる。暗いところを照らしてくれる、いいやつなんだ」

「そうなんだね！　ほわさん、僕はコロだよ。よろしくね」

コロさんに挨拶されたほわは、胡麻《ごま》のような小さな黒い瞳をきょろりと動かした。

「ほわわ……よろしくです」

どうやら恥ずかしいようだ。ゆるゆると体を揺らしたほわは、小どんぶりのスープを覗《のぞ》き込んでいる。

「それでは、いただきましょう！　本日のごちそうは、みんなで作った冷やしラーメンです」

いただきます、とみんなで唱和する。ほわだけは、「ほわわぁ」と独特の鳴き声を懸命に上げていた。

冷たいラーメンという未知の体験に、私はおそるおそるレンゲで掬《すく》い上げたスープを含んだ。

「ん〜おいしい！　すごく出汁《だし》が効いてますね」

鶏の胸肉で取ったスープの出汁《だし》は、濃厚なのに後味はさっぱりしている。氷を浮かべたスープが、きりっと冷えているので、喉越しが冷たくて心地好い。暑い夏の日でも、これならごくごくと飲める。

冷水で引き締められた黄金色の麺を、するりと啜《すす》る。

それをキュウリやチャーシューなどの具材と共においしくいただく。

一見、見慣れたラーメンなのに、冷やし中華ともつけめんとも違う。

みんなも夢中で冷やしラーメンを啜《すす》っていた。

「冷たいのおいしいね」

「おいしいね。圭史郎は夏は素麺ばっかり出して、冷やしラーメンは特別なときしか作ってくれないもんな」

蒼龍の暴露に、圭史郎さんは眉をひそめながら麺を啜《すす》る。

「素麺は茹《ゆ》でるだけだから簡単なんだよ。今日はリモコン獲得のためだから仕方ない」

あはは、とみんなの笑い声が食堂に響いた。

小鳥が水を飲むように、小さな嘴《くちばし》でこくこくとスープを飲んでいたほわは顔を上げる。丸い体が、ころんと後ろに転がった。

「ほわぁ……ごちそうさまでした」

「おいしかったですか？」

「はい……ほわ、久しぶりに明るいところに出ました……ごちそう、久しぶりにいただきました」

「ほわは長い間、地下のお蔵にいたんですね」

「ほわわ……ずっと前からあそこにいます。ほわ、暗いところにいますから……。でも、思い出しました。今夜はほわの、大切なお役目があるのです……」

アルバムを見たとき、半世紀前の花火大会の日にお役目があったということを、ほわはちらりと語っていた。

大切なお役目は、今夜行われるようだ。

ほわは羽をパタパタと振りながら、懸命な様子で訴える。

「ほわ……仲間たちに会います。集まらないといけない。花火大会に連れていってください……お願いします……」

「ほわの大切なお役目は、花火大会で行われるんですね?」

「ほわわ……」

こくこくと頷《うなず》くほわに、ずいと私は顔を寄せる。神妙な顔つきで、ほわの向こうにいる圭史郎さんを見つめた。

「圭史郎さん、大変です」

「……大体わかったが、言ってみろ」

「大切なお役目を果たすために、花火大会にほわを連れていってあげましょう。ほわの仲間たちがたくさん待っているんですよ」

花火大会では電飾などの明かりがたくさんあると思うので、ほわが照らす必要はないと思われるのだけれど、仲間たちが集まるということは、重要な会議が行われるのかもしれない。

おそらく、ほわはこの半世紀の間、地下のお蔵にいたのだ。私がアルバムを開いたから、今日という日を思い出した。これも何かの縁だ。今夜限定なのだから、ここはぜひともほわを花火大会の会場へ連れていってあげなければならない。

固い決意を抱いた私と、ぱちぱちとつぶらな目を瞬《また》かせるほわを、みんなが応援してくれる。

「よかったね、ほわさん。若女将《わかおかみ》さんと圭史郎さんが連れていってくれるよ！」

「いってらっしゃい、ほわ。仲間たちに会えるといいね」

「花火大会は人が多いから、はぐれないようにね、ほわ」

「ほわぁ……はい……ありがとうございます」

決して私が花火大会に行きたいからではありません。ほわのお役目のためです。

「……大義名分を手に入れたな」

花火大会へ行くことが決定し、圭史郎さんはそう呟くと、空になったどんぶりを片付けた。


夕暮れの空を溶けかけた真夏の雲が飾り、残光によって紅色に染め上げる。

まつりの日を迎えた大石田町には人々の楽しげなさざめきが広がっていた。

カコン、と桐下駄を軽やかに鳴らした私は、後ろをついてくる圭史郎さんを振り返る。

「圭史郎さん、早く。御神輿《おみこし》が始まっちゃいますよ」

今夜は大切なお役目があるというほわを連れて、私と圭史郎さんは浴衣《ゆかた》を着込んでやってきた。

ほわのおかげで花火大会に来られてよかった。

私の頭上をふわふわと漂っているほわは、周囲がまだ明るいので光ってはいない。

白地に金魚と流麗な波紋が描かれた浴衣《ゆかた》の袂《たもと》を、私は軽やかに揺らす。赤の帯を締め、手には赤い紐でつながれた籠の巾着を持っている。いつもはお団子にまとめている髪も、今日は左右を三つ編みにして、くるりと結い上げていた。

広い歩幅で横に並んだ圭史郎さんは懐手《ふところで》にしながら、気怠《けだる》そうに返事をする。

「焦らなくても、神輿《みこし》は逃げないから大丈夫だ。そのうち向こうからやってくる。足はないけどな」

冗談を言っているつもりらしい……

私は頬を引き攣《つ》らせて躱《かわ》した。

漆黒の浴衣《ゆかた》を着込んだ圭史郎さんは和装に慣れているようで、佇《たたず》まいがこなれている。まさに老舗《しにせ》旅館の若旦那という風情だけれど、小粋《こいき》なことを言わずに下手な冗談が飛び出すのだから、残念である。

人波と共に並び歩いて、最上川の方角へ向かう。

私は頭上でふわふわしているほわに問いかけた。

「そういえば、ほわの大切なお役目って、同族会議のことなんですか？」

「……ほわぁ？　ほわ、仲間たちに会います……」

具体的に何を行うのかを説明するのは難しいようだ。

大石田駅から歩いて坂を下ると、じきに最上川の堤防が見えてきた。その手前にある川沿いの道路には、ずらりと屋台が軒《のき》を連ねている。

綿菓子に焼きそば、たこ焼き、射的やくじ引きに、玉こんもある。

たくさんの人々が屋台の並んだ通りを行き交い、買い物を楽しみながら、御神輿《おみこし》と花火大会が始まるのを待ち侘びていた。

「わああ、おいしそう。圭史郎さん、とりあえずこっちです！」

数々の屋台を目にした私はわくわくしながら、圭史郎さんの袖を引いた。

おいしそうな匂いが、そこかしこから漂ってきて私の腹の虫は途端に、くうと鳴る。

まずは近くにあるチョコバナナの屋台に直行した。

色鮮やかなカラースプレーをふんだんに塗《まぶ》したチョコバナナは、お祭りに来たら必ず食べたくなる一品だ。バナナ全体にかかっているチョコレートも、紫や水色、ピンクなどの色があり、どれにしようか迷ってしまう。

「圭史郎さんは何色がいいですか？」

「色が違うのは着色料の違いだろ。どれも同じ味だ」

夢のないことを吐く圭史郎さんには、私の独断で夏の空のような水色を選んであげる。

私はピンクにしよう。

「はい、圭史郎さんもどうぞ。んん～、おいしい！」

購入したチョコバナナをひとくちかじれば、甘いチョコレートとほのかなバナナの甘みが織り成す、絶妙な融合に感嘆が漏れる。このコラボレーションを編み出した人は天才だ……

串を手にした圭史郎さんは困惑の表情で、じっくりと空色のチョコバナナを眺めた。

「最近はこういうものが人気なのか……」

チョコバナナにかじりつく圭史郎さんに、笑顔で応える。

「圭史郎さん、次はたこ焼きにしましょう。みんなへのお土産もあわせて五舟でいいですか？」

鉄板で湯気を上げているたこ焼きは、舟型の器に入って売られている。

丸々としていて、とてもおいしそう。振りかけられた青のりの緑が眩《まばゆ》く、ふわふわと花がつおが舞っている。

「そんなにいらないだろ。誰が持って歩くんだ」

「もちろん、圭史郎さんです」

「……四舟にしろ」

「了解しました」

たこ焼きを四舟購入して、そのビニール袋を圭史郎さんに預ける。

重いという理由により、一舟分のたこ焼きが私と圭史郎さんのおなかに納まった。

熱々のたこ焼きは、とろりととろけた。マヨネーズが隠し味で入っているので、ほんのりと甘みがあり、濃厚だ。噛《か》み応えのある蛸《たこ》の欠片《かけら》が、濃密な味わいを引き出している。

それから屋台を巡って、焼きそばに玉こんも食べてしまうと、おなかはいっぱいになってしまう。

「食べ過ぎじゃないか？　帯がはち切れるぞ」

「圭史郎さんだって同じ量を食べてるじゃないですか」

「優香が俺の分も買うからだろ」

「じゃあ、お茶は私の分だけ買いますね」

「そこは俺のも買うべきだろ、回し飲みする気か、俺は全く気にしないが」

珍しく早口で訴えてきた圭史郎さんに、瞬《まばた》きを返す。

私の分だけ買ったら、回し飲みするということらしい。

きっと圭史郎さんは、よほど喉が渇いているのだろう。

「じゃあ、お茶は圭史郎さんの分も買いますね？」

「……そうしてくれ」

また懐手《ふところで》にした圭史郎さんは、疲れたように西の空を見上げる。

ほわはといえば、子どもたちが手にしているバルーンに驚いて、私たちの頭上を風船のように漂っていた。

「ほわの仲間たちはどこにいるんでしょう？」

私は人々が溢れる通りを眺めた。バルーンはたくさん見るけれど、ほかのほわがいる様子はない。辺りがまだ明るいので見えないのだろうか。

「そこらにいるだろ。暗くなれば見える」

「ほわわ……」

楽観的な圭史郎さんとほわりとしているほわ。私は目についた屋台でペットボトルのお茶を三本購入する。ほわがいるので三人分だ。

それから、本町《ほんちょう》通りの屋台の端までやってきた。そこにはぐるりと提灯を吊り下げた勇壮な御神輿《おみこし》と、金色の飾紐を纏《まと》う御神輿《おみこし》の二台が担ぎ手と共に待機している。

早々にお茶を飲み干した圭史郎さんが解説してくれる。

「神輿《みこし》はここから四日町《よっかまち》へ向かうが、時間は花火の打ち上げと同じ頃だな。大石田の神《み》輿渡御《こしとぎょ》は花火と一緒に神輿《みこし》が見られるんだ」

「神輿《みこし》……『とぎょ』って、なんのことですか？」

「渡御《とぎょ》とは、神輿《みこし》が出かけていくことだ。神社の祭礼では、神霊が宿った神体や依代《よりしろ》を神輿《みこし》に移して地域を巡幸する。神輿《みこし》が練り歩くことで人々の安寧を祈念するというわけだ」

「そうなんですね。圭史郎さんは、さすが神使だから神社のことについても詳しいですね」

「……神使だからというわけじゃないが、まあ、一般的な知識だ」

気まずそうに圭史郎さんが視線を逸らしたとき、人波の向こうから威勢のよいかけ声が轟《とどろ》いた。御神輿《おみこし》の頂点を飾る金色の大鳥が人垣の合間に見える。

「えっ？　もう一台、御神輿《おみこし》が来ましたよ」

「あれは成人神輿《みこし》だ。その年に成人を迎える大石田町の人たちが担ぎ手になるという伝統がある」

眩《まばゆ》い金色の御神輿《おみこし》には紙垂《しで》が巡らされ、担ぎ手の掛け声と共に揺れている。扇子を手にした女性が花棒《はなぼう》に立ち、神輿渡御《みこしとぎょ》を盛り上げていた。

朱色の法被《はっぴ》を纏《まと》う成人の担ぎ手は総勢五十名ほどいるだろうか。中にはもちろん女性もおり、法被《はっぴ》から肩を出して胸にサラシを巻いている。

担ぎ手の成人たちはみんな満面の笑みだった。沿道で声援を送る人々にも笑みが零《こぼ》れる。

「すごい迫力ですね！」

「はぐれないように気をつけろよ」

成人神輿《みこし》は人波と共に本町通りを練り歩く。このあと四日町へ行くようだ。

御神輿《おみこし》が通ったあと、ほろりと零《こぼ》れ落ちたものがある。

なんだろう。落とし物かな？

私は身を屈めて、その小さな丸いものを拾おうとした。

すると、それはふわりと舞い上がる。

輪郭のみが薄《うっす》らと見える玉のような物体は、小さな羽がついていて、ぱたぱたと羽ばたいていた。

「あっ……この子、ほわじゃないですか⁉」

私は頭上を見た。花湯屋から私たちと一緒に来たほわは、興奮したように羽をぱたぱたぱた……と懸命に動かしている。

けれど速く飛べるわけではないようで、その場でもがいているように見える。

「ほわわ、仲間のひとりです……待って……」

発見したほわは空に舞うほどの力はないようで、もがきながら地面へ落ち、ボールのように跳ねて道を横切っていった。私たちは、そのあとを追いかける。

「待ってください！」

追いかける私たちの声が届かないのか、ほわは立ち止まらない。

やがて、ひと気のない路地まで来てしまった。角を曲がったとき、私は驚きの声を上げる。

「わああ⁉」

そこには、道いっぱいにほわが広がっていた。まるでたくさんの半透明なひよこが大集合したようだ。

ほわたちは、ふわふわと浮きながら、不思議な声を発している。

「ほわ……ほわ……」

こんなにたくさんのほわがいるなんて。

路地裏にはほかに人はいない。あやかしである彼らは、誰の目にも留まらないのだ。

花湯屋のほわは彼らの中に混ざると、「ほわっ、ほわぁ」と必死に訴えながら羽を動かしていた。

とても小さな黒い瞳がきょろきょろと動き、ほわたちは応えるように「ほわわぁ……」と声を上げる。

「ほわたち、集まることができました……。これからみんな、お役目の場所に向かいます……」

どうやら話はついたようだ。今夜のお役目を果たすために、みんなはここに集まっていたのだろう。

花湯屋のほわが先導して、ほかのほわたちも移動を始める。

「ほわ……ほわ……」

ふわりふわりと、浮いたり跳ねたりしながらたくさんのほわたちが路地を出る。私と圭史郎さんも、彼らのあとについていった。

ふと振り返ると、ひとりだけ路地にじっとしているほわがいた。

私はほわに駆け寄り、掬《すく》い上げようと掌《てのひら》を差し出す。

「さあ、行きましょう。私の掌《てのひら》にのってください」

ところが、ほわは私の動きを察知したかのように、ぴょんと飛び退く。慌てて羽ばたき、仲間たちのあとを追いかけていった。

「優香、ほわに触るな。火傷《やけど》するぞ」

「え、そうなんですか？　今は光っていませんけど……」

「光っていなくても、だ。すべてのほわには触れられないことになっているんだ。誘導してやれば大丈夫だ」

そういえば地下のお蔵でも、ほわは触ってはだめと言っていた。光が消えていても体は熱したままなのだろうか。

ほわたちの大群は、最上川へ向かっていく。私は遅れたほわが彼らのあとについていく姿を、後ろから見守っていた。

最上川の堤防沿いを上流へ。

今宵の大橋は納涼提灯が一列に並び、まつりを華麗に彩っていた。この大橋の完成を祝って、最上川花火大会が始まったのだという。

その大橋を越えて、さらに川上へ向かう。向こうに見えるもうひとつの橋は、国道の通る虹の大橋だ。

空は藍色の紗《しゃ》に包まれて、大粒の星々が煌《きら》めいていた。

そろそろ花火大会が始まる時刻が訪れる。打ち上げ場所は大橋より下流のほうなので、大分離れてしまった。

ほわたちのあとについてひたすら歩いていた私たちだけれど、圭史郎さんはふいに足を止め、川面を指差した。

「あそこだな」

そこには大きな荷物を積んでいる二艘《そう》のボートが停泊している。

停泊したボートから出立した灯火が、ゆるりと最上川を流れていく。大石田まつりの催しのひとつである、灯籠《とうろう》流しが行われているのだ。

上流であるこの地点から下流へと、人の手で灯籠《とうろう》を流しているのだった。

突然、川面を見た花湯屋のほわが声を上げた。

「みんな……お役目を果たすときがやってきました……」

ぽわっと、ほわが柔らかい光を紡ぎ出す。ほかのほわたちもそれに呼応するように、一斉に光り出した。

ほわたちは眩《まばゆ》い橙色《だいだいいろ》の灯火を纏《まと》い、暗闇を照らし出す。

「ほわ……ほわ……」

光の大群と化したほわたちは、ふわりと浮き上がり、みんな川へ飛んでいく。

それはまるで地上に降りた天の川のよう。

見惚れていると、ほわたちはそれぞれ、ふわりふわりと川に舞い降りた。

薄暗い川面に、ほわたちの灯火が明瞭に浮かび上がる。それに灯籠《とうろう》の明かりが重なり、幾筋もの光の帯となって輝きを増した。

ほわをのせた灯籠《とうろう》は、ゆったりとした水の流れにのっていく。

堤防には私と圭史郎さんのふたりだけが残される。眩《まばゆ》く煌《きら》めく川面を見つめながら、私はぽつりと呟いた。

「ほわたちの大切なお役目は、灯籠《とうろう》をより明るく照らすことだったんですね」

そのとき、轟音と共に大輪の花火が打ち上げられた。

幾つもの色と光の輪が、夜空を彩る。

いつもは夜空に瞬《またた》いている星も、今宵だけは遠慮しているようだ。

天を見上げた圭史郎さんは、その瞳に花火の欠片《かけら》を映しながら低い声音を出す。

「ほわの正体は……鳥ではなく、水難事故で亡くなった人の魂なんだ」

「えっ……」

灯籠《とうろう》流しは死者の霊を弔《とむら》うための行事と伝えられている。

あの光り輝く丸い体は、亡くなった人の魂……

私は可愛いこまもふと捉えていたけれど、ほわたちも元は生者だったのだ。

「やつらは羽ばたいても速く飛べるわけでなく、もがいているように見えるだろう。あれは、そうすることしかできなかった表れなんだ」

「そんな……哀しいですね」

「だが、あやかしになった今は、他者に同じ思いをさせまいとして水辺を照らしている。暗闇でも明かりがあれば周囲の状況が確認できるし、希望が持てるからな」

ほわの哀しい過去と呪縛、そして健気な心に私は胸を痛めた。

可愛らしくておっとりしているほわたちはみんな、溺死という辛辣《しんらつ》な最期を経験してきたのだ。

「ほわに触れると火傷《やけど》してしまうのも、水難事故で亡くなったことに関係があるんでしょうか」

「……さあな。冷たい水の中で死んだから、熱い体を持ったあやかしになったのかもしれないが……ほわは触られるのを、ひどく嫌う。溺れ死んだ者に手を差し伸べても無意味だと言いたいんだろう」

圭史郎さんの哀しい見解が私の胸を衝《つ》いた。

華麗に打ち上がる花火が川面に映り込む。

幾千もの灯籠《とうろう》は、煌《きら》めく花火の幻と共に、ゆるりと川を流れていく。

その柔らかな灯火は、さながら暗闇の中の道標《みちしるべ》のようだ。

「きっと、誰かを傷つけたくないからですよ。ほわは自分たちのように苦しい思いをしてほしくないから、こうして魂を輝かせているんですよ……」

あやかしになってからも過去の呪縛に囚われていてほしくなかった。

夜空を花火が彩るたびに沸く歓声を遠くに聞きながら、私は幾千もの灯火で川を満たすほわたちを見つめる。

煌《きら》めくその明かりは、慰霊への恩返しのようにも見えた。

「……そうかもな」

それきり私たちは口を噤《つぐ》み、次々に打ち上がる花火と壮麗な灯籠《とうろう》流しの競演を眺めていた。

ややあって、圭史郎さんが一度目を固く閉じて沈黙を破る。

「昼間の、アルバムに纏《まつ》わることなんだが……」

「はい」

「周りから余計なことを吹き込まれないうちに、俺の口から言っておくべきだったな。優香はいずれ当主になるかもしれないから、明確にしておいたほうがいい。俺の、正体についての話だ……」

私は花火を目に映しながら、ごくりと息を呑《の》んだ。

半世紀経っても姿が変わらない圭史郎さん。

それは神使であることや、あやかしが訪れる花湯屋と、どういった関連があるのだろうか。

圭史郎さんは川面に目を向けて淡々と語り出した。

「花湯屋は、当時の地主の一族だった花野家が江戸時代に創業した。初代当主は女将で、その名は『おゆう』という。そして、その兄が、神使を名のった花野圭史郎だ」

「えっ……初代当主のお兄さんの名前が、花野圭史郎さん……？」

圭史郎さんと、同じ名ということだ。

私は初代当主のことも初めて知った。鶴子おばさんの父親である孝二郎さんより以前の当主については何も知らない。

「花野圭史郎は、ある日、洞窟であやかしと遭遇した。そのことがきっかけで、あやかしに纏《まつ》わる力を手に入れたんだ。それからずっと、当時の姿のままで花湯屋にいる」

そこまで聞いて、私は心の中で首を傾げる。川面から視線を外した圭史郎さんは、目を伏せながら私のほうに顔を向けた。

「おまえの、目の前にいる男だよ」

どうして、目を合わせてくれないのだろう。

どうして、圭史郎さんは自分のことを他人のことのように客観的に語るのだろう。

「……そのあやかしと契約を交わして、圭史郎さんは不老不死になったということですか？」

圭史郎さんがあやかしの力で江戸時代から生き続けているとしたら、そう考えるのが自然だ。

けれど彼は、あっさりと首を横に振る。

「不死とは言えないな。あやかしのおかげで、少々寿命の延びた若作りだと、歴代の当主には説明している。洞窟から戻ったら、おゆうの兄である俺が宿の当主になると聞かされて、必死に断った。あの頃の俺は、宿が何かも知らなかったからな……。神使という名称は、おゆうが考えた。特別な役職をつければ、俺が花湯屋での立場を失わなくて済むと、あいつは思ったんだろう」

洞窟から戻ってからのことを圭史郎さんは、先程の重々しい告白から一変して饒舌《じょうぜつ》に語る。

あやかしに遭遇する前と後で、温度差があることが気になった。

まるで、洞窟を訪れる前の『花野圭史郎』は、他人であったかのような口ぶりだ。

それとも私に打ち明けたから、気持ちが楽になったということだろうか。

「……おゆうさんは、圭史郎さんを大切にしていたんですね。神使という役職にそういった事情があることも、初めて知りました。……ということは圭史郎さんは創業者のひとりだから、いわばあやかし使いの祖というわけですよね？」

「いや、俺は……別枠と考えてくれ。優香を含めた花野家の末裔《まつえい》はすべて、おゆうが産んだ子の子孫だ。もちろん夫はあやかし使いじゃなかったが、子どもたちはあやかしが見えていた。これは俺の推測だが、花野家の血筋のどこかで上級あやかしが血縁になったんじゃないか。上級あやかしには人間と交わるやつもいる。その能力が受け継がれて、あやかし使いが誕生した」

あやかし使いの花野家には、そういった経緯があったのだ。

そして、圭史郎さんが半世紀前の花湯屋にいた理由もわかった。

きっと歴代の当主は、神使である圭史郎さんを頼りにしていたのではないだろうか。年月が経過して血が薄れ、当主にあやかし使いの能力がなくなると、先代の孝二郎さんのように揉め事も起こったようだけれど……

もしも私が当主になったときには、圭史郎さんを生涯大切にしていこうと心に刻む。

なぜなら、おそらく彼は――

「……圭史郎さん。私はこのことを、一度だけ質問しようと思います」

「なんだ？」

「洞窟で、何があったんですか」

長い沈黙が流れる。

花火の轟音が大気を震わせていた。

花野圭史郎は、洞窟で遭遇したというあやかしの力を手に入れた。それにより寿命が延びているようだけれど、経験したはずの圭史郎さんはあやかしの名も、具体的にどうやって入手したのかも語ろうとしない。

胸に湧いた疑問を彼の口から否定してほしかった。

実は長寿のあやかしの能力を授けられたんだと、明るく言ってほしい。

圭史郎さんは、静かにひとこと呟いた。

「……花野圭史郎が死んだのは、不可抗力だった」

私の目にじんわりと涙が浮かぶ。花火の輪郭がぼやけて、夜空に滲《にじ》んだ。

今、私の隣にいるこの人は、ご先祖の花野圭史郎ではない……。

死んだ花野圭史郎に成り代わっている、あやかしなのだ。

おゆうさんが亡くなってしまった今なら、みんなに打ち明けてもよいのではと浅はかな私は思う。

けれど彼もまた、ほわたちと同じように、過去の呪縛に囚われながら今の世に息づいているのだ。

死んだ花野圭史郎のため、そして花湯屋のために。

圭史郎さんは閉ざした瞼《まぶた》を覆うように、額に手をやっていた。

私はそっと指先で眦《まなじり》を拭うと、吹っ切れたように明るく言い放つ。

「圭史郎さんが何者であっても、私にとってあなたは私の知る圭史郎さんでしかありません。花湯屋の先輩で、同級生で、ちょっとあやかしに詳しい昼寝好きの残念なイケメンです」

ぷっと噴き出した圭史郎さんは、寝癖の撥《は》ねた頭を掻《か》いた。

「ははっ、そうか。俺はそんな感じなのか」

彼の正体があやかしで、みんなを偽り続けてきたのだとしても、これまで花湯屋を支えてきてくれたことには変わりない。

洞窟で何が起こったのかはわからない。

けれど、圭史郎さんが秘密にしたいなら、それでいい。

一生に一度きりの質問に答えてくれた圭史郎さんに感謝すると共に、彼の過去の傷を抉《えぐ》ってしまった自分を、私は責めた。

もうこれ以上追及せず、明日からはいつもどおり、花湯屋の仲間として圭史郎さんと接しよう。

花火大会の最後を告げる大輪の花火が、連続して打ち上がる。

夜空は眩《まばゆ》い閃光に彩られ、まるで昼のような明るさを見せた。

やがて光の残滓《ざんし》が消えると、あとには満足感と、ほんの少しの物悲しさが残る。

堤防で見物していた観客が、波を引くように帰っていく様子が見えた。

川面を流れていた灯籠《とうろう》も、すべて下っていったようだ。途端に静けさが満ち、辺りは暗闇に包まれる。

「そろそろ帰るか……。というか、帰っていいか？」

「いいですよ？　もう花火大会は終わりましたよね。ほわたちが無事にお役目を果たすところを見届けられてよかったです」

私に許可を求める圭史郎さんに首を捻《ひね》る。

花湯屋のみんなも待っているだろう。お土産のたこ焼きを持っていってあげれば、きっと喜んでくれる。

がさりと、たこ焼きの入った袋を鳴らした圭史郎さんは、無言で堤防の階段を下りた。

車を停めた駐車場まで行くため、私もあとに続く。

「また来年も見に来ましょう。……あ、でも来年は圭史郎さんの希望を考慮して、スイカを食べながらの線香花火もいいですね。そうしたら、コロさんや茜と蒼龍も花火が見られますし」

来年の予定を楽しく語る私を、圭史郎さんはつと振り向いた。

先程は目を合わせようとしなかった彼は、いつもと変わらない双眸《そうぼう》で、私を見ていた。

「俺は、花湯屋に帰ってもいいのか？」

その質問の真意に、咄嗟《とっさ》に素知らぬふりをして首を傾げる。

「当たり前じゃないですか。圭史郎さんが帰ってこなかったら、明日の朝ご飯が食べられないですよ。みんなに励まされながら、包丁で手を切り刻む私の未来が、容易に想像できます……」

「それは困るな」

すい、と圭史郎さんの空いたほうの手が、まだ無傷の私の手を握る。

街灯の明かりがぽつりぽつりと照らしている薄暗い道を、私たちは手をつなぎながら歩いた。

圭史郎さんの手……あったかいな。

彼は、『自分は花湯屋にいる資格があるか』と聞きたかったのかもしれない。

いつも傲岸不遜《ごうがんふそん》な態度の圭史郎さんが、そんな弱気を見せるなんて意外だ。けれど、この質問も一度きりなのかもしれない。

でも何度聞かれたとしても、私は同じ答えを返すだろう。

私には、圭史郎さんが必要だから。

ずっと花湯屋にいてほしいから。

手をつないでゆるりと歩きながら、圭史郎さんは思い出話を語った。

「昔の俺は料理なんかやったことがなくてな……。厨房の手が足りないから、仕方なく俺があやかしの分を作ることになったんだが、まさに包丁で手を切ってばかりだった。料理なんか馬鹿らしいと投げ出したこともあったよ」

「そんなことがあったんですか……想像できないです」

「当時の料理長は『魂が込もっていない料理は食べた人にはすぐわかる』と、よく言っていた。あの頃は意味がわからなかったが……真心が大切だということだな。彼に鍛えられたおかげで、俺はまともに料理ができるようになったんだ」

「花湯屋も圭史郎さんも、たくさんの人に支えられながら歴史を刻んできたんですね」

圭史郎さんは、可笑《おか》しそうに笑った。釣られた私も笑い声を響かせる。

「優香の言うとおりだ」

そのとき、私たちを柔らかな光が包んだ。

ぬくもりを感じるこの明かりは……

「ほわぁ……」

なんと、ほわが羽を羽ばたかせながら、私たちの頭上で煌々《こうこう》と眩《まばゆ》い光を放っていた。

「ほわ！　戻ってきたんですね」

「ほわわ……今年のお役目……終わりました。連れてきてくれて、ありがとうございました……ほわ、帰ります……」

灯籠《とうろう》流しを無事に終えたので、ほわも花湯屋へ帰るようだ。

圭史郎さんは唇に弧を描く。

「ちょうどいい。夜道を照らしてくれよ、ほわ。俺たちが、迷わないように」

「ほわわぁ……」

きらきらと輝く満月のごとき光が私たちを照らす。

清らかな魂の輝きは、悠久を思わせた。

私と圭史郎さんは、しっかりと手をつなぎながら、ほわと共に花湯屋への帰り道を辿《たど》った。

第二章　カナエ

高校の昼休みの時間は、生徒たちの楽しげなお喋りでさざめいている。

私はさくらんぼ柄のハンカチでお弁当を包み、隣の圭史郎さんに笑いかけた。

「ごちそうさまでした、圭史郎さん。今日も、とってもおいしかったです」

「そりゃよかった」

永遠の高校二年生である圭史郎さん。それについては、なぜか誰もツッコまないので不思議だ。そんな彼とは同じクラスで一目置かれる存在で、孤立しているように見える。彼と話すのはたいてい席が隣の私だけで、お昼ごはんも一緒に食べていた。

いつも学校のお昼に食べているお弁当は圭史郎さんの手作りである。

花湯屋のあやかし担当料理人でもある圭史郎さんは朝食を作るとき、お昼用のお弁当も私を含めた全員分を作ってくれるのだ。

今日のおかずは、きんぴらごぼうに小さなハンバーグ、茹《ゆ》でたブロッコリーと鮭の切り身。可愛らしいカップに入ったコーン。そして海苔《のり》を巻いた俵型のおにぎりだ。

私もお手伝いをしていて、お弁当に詰めるのは私の係である。

ブロッコリーにかけたマヨネーズが多すぎて、蓋を開けたら惨状が広がっていた。それが今日の反省点かな……

とうに早弁を済ませて、お昼はパンをかじっていた圭史郎さんは椅子に凭《もた》れる。

「優香。マヨネーズの量が多すぎるぞ。弁当がマヨネーズまみれだった」

「……すみません。だから調味料の容器は別にしましょうって、提案したじゃないですか」

「小さな容器を開けるのが面倒なんだよな。優香が適量をかければ済む話だ」

「……善処します」

憮然《ぶぜん》としてお弁当箱を仕舞うと、眉を跳ね上げた圭史郎さんは指先でトントンと私の机を叩いた。

「何を怒ってんだ。マヨネーズまみれは勘弁してくれ。それだけだ」

「怒ってません。朝は急いでるから、力加減が難しいんですよ。圭史郎さんのお弁当だけ、特にマヨネーズが多くかかったんですよね」

「俺だけ大盛りか。醤油じゃないだけ幸運だったと思うことにする」

不毛な応酬を交わすのは日常茶飯事である。

明日は手許《てもと》を狂わせて、圭史郎さんのお弁当に醤油をぶちまけないよう、気をつけよう……

そのとき、教室の一角で歓声が沸いた。

そちらに目を向けると、女子たちがクマのぬいぐるみを見せ合っていた。

「ねえ、見て。この子は恋愛運だよ。ショップに並んでやっと買えたんだよね」

「ホントだ、すごい！　その形のリボンはレアだよね」

「それ知ってる。願いが叶うクマでしょ？　私も欲しい。金運は何色だっけ？」

クマは小型のぬいぐるみで、女子たちの掌《てのひら》に収まるくらいだ。キーホルダーよりは大きいが、持ち運びが容易なサイズである。どれも同じ形のクマだけれど、色が異なっていた。どうやら金運や恋愛運といった運気を上げる、幸運のお守りのようなものらしい。

私は圭史郎さんに、こっそり話しかける。

「願いが叶うクマですって。本当に叶うんでしょうか？」

圭史郎さんは胡乱《うろん》な目でぬいぐるみをちらりと見ると、肩を竦《すく》めた。くだらないと言いたげだ。

「優香の願いは全部叶ってるから、あんなものいらないだろ」

「えっ？　私の願いは全部叶って……ますか？」

「金運を願わなくても毎日銀粒を貢いでくれるやつらはいるし、恋愛運を願わなくても毎日弁当を作ってくれる神使がいる。それに今の立場は老舗《しにせ》旅館の若女将《わかおかみ》だ。これ以上望むことなんて何もないだろ」

「私が幸せな立場なのは日々実感してますけど、圭史郎さんの言い方はなんだか投げやりじゃないですか？」

「どこが。すべて事実だろう」

圭史郎さんは飄々《ひょうひょう》と嘯《うそぶ》くが、私は小首を傾げた。

なんだか、上手く丸め込まれている気がする……

確かに圭史郎さんの言うとおり、叶えたい願い事なんて特にないので、願いが叶うクマが欲しいわけではないのだけれど。

そのとき女子たちの群れに、割って入った人がいた。

「ねえ、そのぬいぐるみ、よく見せてくれない？」

彼女は佐藤未来《さとうみき》さんだ。

ゆるふわウェーブの髪をなびかせ、制服のスカートから覗《のぞ》く足はすらりと長い。いつもアンニュイな雰囲気の佐藤さんとは、挨拶と短い雑談くらいしか交わしたことはないけれど、話すとなんだかドキッとする魅力ある美少女だ。

「これじゃない……そっちの子は？　これも違う……」

佐藤さんはひとつひとつのぬいぐるみを手にして、じっくり見定めていた。

けれど「違う」と呟くと、すぐに持主に返している。

やがてすべてのぬいぐるみを確認した佐藤さんは哀しげに首を振る。

「未来、どうしたの？」

「……なんでもない」

女子たちの輪を抜けて、ふらりとこちらへやってきた佐藤さんは、私にも聞いてきた。

「優香は持ってないの？　クマのぬいぐるみ」

透明感のある瞳で見つめられ、私は慌てて手を振った。

「持ってないです。もしかして、佐藤さんは自分のぬいぐるみを探してるんですか？」

一瞬、目を瞠《みは》った佐藤さんだけれど、すぐに元に戻る。

「探してるっていうか……まあね。わたしのことは、未来って呼んでいいよ。このクラスに佐藤は三人いるからね」

「わかりました」

未来は私の隣で興味なさげに頬杖をついている圭史郎さんを、ちらりと流し見る。

「圭史郎君はクマのぬいぐるみ……持ってるわけないか」

「聞くまでもないだろ」

「そっか。言うまでもないけど、圭史郎君はわたしのことを名前で呼ばないでね。男子に呼び捨てにされると気分が滅入《めい》るからさ……」

「念を押さなくても呼ばないから安心しろ。俺のことは名前でいいぞ」

「圭史郎君の苗字も、花野だもんね。ふたりは同じ旅館で働いてるんでしょ？　優香と従兄弟《いとこ》とかなの……？　全然似てないけどね」

私は圭史郎さんと未来の間で視線を往復させる。

クラスの名簿に載っている圭史郎さんの苗字は『花野』である。彼とはもちろん、従《い》兄弟《とこ》ではない。

圭史郎さんは花湯屋の創業者のひとりであるが、あやかしに纏《まつ》わる事情を抱えているのだ。

以前、花火大会で圭史郎さんの過去を聞いた私は、これ以上彼の正体について追及しないことを胸に誓った。

それでも、クラスメイトに親戚かと問われると非常に気まずい。

迷惑そうに眉根を寄せた圭史郎さんは、未来と視線を合わせずに答える。

「人間は全部が遠い親戚なんだよ。うちの事情は佐藤に関係ないだろ。詮索するな」

「そっか。圭史郎君らしいね。まあ、わたしも一回留年しちゃってるから、あまり聞かれたくないこともあるけどね。圭史郎君みたいに万年高二で周りから浮かないよう、気をつけるね」

「うるさいな」

　未来が留年していることを、私は初めて知った。

　実は私も山形の高校に転校する前は学校に通えない時期があったのだけれど、そのことはクラスメイトには内緒にしている。未来が言いにくいことを、さらりと明かしたので驚いた。

　未来は小首を傾げるようにして、私に流し目を送る。ひどく大人びた仕草だった。

「どうして留年？　……って、聞きたいみたいだね。優香」

「聞きたい気持ちはありますけど、無理に聞き出すようなことはしたくないです」

　くすりと、未来は笑った。

　けれど、なんだかその笑顔は寂しそうに見えた。

「まあ、聞いてよ。留年の理由は、いわゆる家庭内不和かな。ママと喧嘩して不安定になって、誰とも話せなくなっちゃった時期があってね。というのも、私が大事にしてたクマのぬいぐるみを、ママが勝手に捨てたんだよね……。ママは捨ててないって言うんだけど。だから、みんなが持ってるぬいぐるみが、もしかしたらわたしのかもしれないと思ったんだ。そんなわけないのにね」

ウェーブがかかった髪を指先でくるくるといじりながら、未来は、母親との仲がうまくいっていないことを淡々と語る。

母親をためらいもなく『ママ』と呼んでいることや、身につけている小物などから察するに、未来は裕福な家庭のお嬢様なのかもしれない。

不仲の一因はクマのぬいぐるみを捨てられたことらしい。

今の話を聞いただけでは判断できないけれど、未来としても確証はないのだろう。だからこそ未来は自分のぬいぐるみを探しているのだ。

「大切にしていたぬいぐるみがなくなったら哀しいですよね。私も探すのを手伝いましょうか？」

すると、未来は目を伏せて首を振る。諦めたような仕草だった。

「もう、見つからないよ……」

ひらりと身を翻《ひるがえ》して、彼女は教室を出て行った。

なんだかそのまま消えてしまいそうな、儚《はかな》げな印象だ。

「未来……大丈夫でしょうか」

「たかが、クマのぬいぐるみだろ。買い直せばいいだけだ」

圭史郎さんの言葉はもっともなのだけれど、なぜかそのとき、私の胸は重くなった。

たかが、クマのぬいぐるみ。

けれど未来にとっては、大切なものだった。たとえ同じ商品を買い直したとしても、それは別物ではないだろうか。

お昼休みが終わると、未来は何事もなかったように席に戻っていた。

その姿に安堵して、私は午睡を決め込む圭史郎さんに話しかける。

「よかった。大丈夫みたいですね」

「大げさなんだよ。流行が終わればクマのぬいぐるみのことなんて、どうでもよくなるもんだ」

「……そういうものでしょうか」

圭史郎さんは未来のなくしたぬいぐるみのことを、流行の玩具と等しく捉えているようだ。けれど、あのときの未来の告白には、ある種の執着が混じっていた気がする。

私自身は大事にしているぬいぐるみなどはないので、未来がどれほどの想いを抱いていたのかはわからなかった。

教科書を捲《めく》る音と共に、私は授業の内容に頭を切り換えた。

路線バスの扉が開くと、私と圭史郎さんは宿から最寄りの停留所に降り立つ。

高校への通学は、バスを利用している。免許を持つ圭史郎さんは車で通学したいとぼやいているけれど、学校から認められていないのである。

坂道を並んで下りる私たちは、暮色に染まる銀山温泉街を眺めた。黒鳶色《くろとび》の宿々が、夕闇の中に色濃く浮かんでいる。

「今日は遅くなっちゃいましたね。コロさんが待ってるから、早く帰りましょう」

「そんなに慌てなくていい。どうせいつもどおり、裏の花湯屋は閑古鳥《かんこどり》が鳴いてるさ。コロは昼寝のあとの欠伸《あくび》中だろ」

「それは圭史郎さんのことじゃないですか……あれ？」

白銀橋を渡ろうとしたとき、動物のぬいぐるみのようなものが樺茶色《かばちゃいろ》の柵《さく》に凭《もた》れかかっているのを見つけた。

誰かの忘れ物かな？

観光案内所に届けてあげようと思い、ぬいぐるみに手を伸ばした、そのとき。

「ねえねえ」

「……えっ」

声が聞こえて、私は思わず手を引っ込める。

クマのぬいぐるみと思しき体のおなかから、赤い光が放たれる。

その輝きはきらきらとして不思議な魅力があるのだけれど、どこか禍々しくもあった。

「きみ、ボクのことが見えるんだね。きみはとっても幸運だよ。みんな、ボクが見えないから素通りしていくんだよね」

光っているのは、彼のおなかについている宝石らしい。

まるでルビーのように大きな宝石からは繊細な煌《きら》めきが零《こぼ》れている。陽の光を反射しているわけではなく、宝石そのものが発光しているのだ。

喋れるぬいぐるみの正体は、あやかしだろうか。

「はじめまして。私はあやかしが訪れる花湯屋で若女将《わかおかみ》を務めている、花野優香です。あなたは、あやかしですか？」

クマのぬいぐるみは小首を傾げた。目と鼻はプラスチックの部品が縫いつけられており、口許《くちもと》は笑みの形に刺繍《ししゅう》が施されている。

そのパーツがくにゃりと歪んで深い笑みを形作った。

魔物を思わせるような、ぞっとする笑い方に見えたのは気のせいだろうか。

「あやかし？　なにそれ。ボクの名前はくまっち。なんでも願いを叶えるクマだよ」

『願いを叶えるクマ』という言葉に、はっとした。

それは教室で女子たちが話題にしていたぬいぐるみのことだ。

「なんでも願いを叶えるクマというと……女子が持ってる、流行のぬいぐるみですか？」

くまっちは、また小首を傾げた。

「ここを通る女の子たちが、ボクに似たぬいぐるみを持ってたね。ピンクとか緑色のクマだったけど、あれのことかな？」

「そうです。くまっちも、あのぬいぐるみなんですか？」

「違うよ。あれはね、偽物。ボクは本物だよ。ほら、おなかに赤い宝石があるでしょ？これが願い事を叶えるパワーの源なんだよね」

もこもこの腕で、光り輝いているおなかの宝石を指し示す。確かにクラスメイトが持っていたクマのぬいぐるみには、宝石などはついていなかった。

それに、くまっちの姿はところどころ糸がほつれていて、耳は半分取れかけていた。体の色はベージュだけれど、薄汚れている。

クマのぬいぐるみといっても、教室で見た新品で色鮮やかなぬいぐるみたちとは明らかに異なっていた。

ひょいと立ち上がったくまっちは優しげな声を出した。

「優香の願い事を、ひとつだけ叶えてあげる」

その言葉に、おなかの宝石が妖しく輝く。

「え……。願い事を叶えてくれるんですか？」

「そうだよ。なんでも叶えてあげられるよ。お姫様にでもなれるし、空のお星様も取ってきてあげられるよ。なんでもいいから、ボクにお願いしてみて」

幸運を呼ぶなどという話ではなく、彼はどんな願い事でも叶える力を持っているようだ。例に挙げた願い事がなんだか乙女の夢のようだけれど、本当だとしたらそれはすごい能力だ。

訝《いぶか》しげにくまっちを見ていた圭史郎さんは鋭い声を発した。

「ちょっと待て。願い事を口にするんじゃないぞ、優香」

「え……どうしてですか？」

すると、くまっちは圭史郎さんを見た。私に語りかけた可愛らしい声とは真逆の、冷淡な声が飛び出す。

「なに、おまえ？　おまえに聞いてない。邪魔しないで」

「俺の名は圭史郎だ。願いを叶える宝石ということは、カナエだな。俺たちはおまえに用はない」

ほんの一瞬、くまっちは沈黙した。「ちっ」と舌打ちのような音が聞こえる。

けれどすぐに両手を大きく振りながら、黒い瞳をぱちぱちと可愛らしく瞬《また》かせた。

「カナエ？　なにそれ。ボクは、くまっちだよ」

「とぼけるつもりか？　さすが、たちが悪いな」

「ホントに知らないよ。ボクは不思議な力を得たから、願い事を叶えてあげようと思っただけなのに。圭史郎は、どうしてボクを悪者みたいに言うの？」

彼は、カナエという名のあやかしのようだ。

けれど、くまっち自身はそのことを知らないらしい。

なんとなく、挙動が怪しいのだけれど……。

「圭史郎さん。カナエというのは、あやかしの種族の名前ですよね？」

「そうだ。叶えるあやかしだから、カナエと呼ぶ。腹についている赤い宝石の力で、願い事を叶えることができる」

「じゃあ、本当になんでも願い事を叶えられるんですね！」

「カナエの能力については本物だ。ただし、先に忠告しておくが、もちろん無償じゃないぞ」

「え……お金が必要なんですか？」

「それどころか、代償は命だ。カナエが願い事を叶えたとき、その願いを果たした者は宝石に命を吸い取られる」

私は目を見開く。

なんでも願い事を叶えてあげると言われて、浮かれた気持ちになりかけたけれど、まさか命を取られてしまうなんて。

願いを叶える魔人や神様などのお伽話《とぎばなし》は多々あるが、大抵が分不相応な願い事をして不幸に陥ってしまう。

「命を取られるなら、願い事を叶えてもらう意味がないんじゃないですか？」

「そこがカナエの罠だ。願い事はあの宝石にエネルギーを蓄《たくわ》えるためのまき餌《え》だ。あいつに関わるな」

「でも、あやかしですから、花湯屋のお客様になってくれるかもしれませんし……」

私たちが話している間に、くまっちはいつのまにか白銀橋を渡っていた。てくてくと歩き、花湯屋へ向かっている。私たちもあとを追いかけた。

くまっちがやってくるのを見たコロさんは、尻尾を振りながら明るい声をかける。

「おかえりなさい、くまっちさん！　若女将《わかおかみ》さんと圭史郎さんには会えたみたいだね」

「うん、会えたね。優香と圭史郎はあそこから来るって教えてくれたコロのおかげだよ。

ありがとう」

その会話に、私は目を瞬《また》かせた。

私たちが学校に行っている間にすでに、くまっちとコロさんはいろいろと話していたらしい。くまっちは人間には見えないけれど、あやかしのコロさんはもちろん見える。先程のくまっちは偶然私たちに出会ったかのように語っていたけれど、どうやら待ち伏せしていたようだ。

「あの……くまっちは、私たちのことを知ってたんですね。どうして何も知らないふりをしたんですか？」

くまっちはびっくりしたように、可愛らしく唇を尖《とが》らせる。ふひゅー……と空気が抜ける音がした。口笛はへたくそらしい。

「さあ？　優香のブレザーの制服、とっても可愛いね」

くまっちはあからさまに話を逸らす。私はコロさんに訊ねてみた。

「コロさん、くまっちと仲良くなったんですか？」

「うん！　花湯屋のこととか、たくさんお話ししたよ。くまっちさんは、まだあやかしになったばかりみたい。僕のお話を、ふむふむって言いながら一生懸命聞いてくれたんだ。今日は花湯屋に泊まってくれるんだって。お客様が来てよかったね」

満面の笑みで、コロさんは私たちに伝えてくれた。

圭史郎さんは額に手をやっている。

「……厄介なやつが来たな。一応聞くが、あいつはコロには願い事を叶えてやると言わなかったか？」

きょとんとしたコロさんは、つぶらな黒い目を瞬《また》かせる。

「言われたよ？　なんでもお願い事を叶えてあげるよって」

「ええっ⁉　それで、コロさんはなんて答えたんですか？」

願い事を叶えたら命を取られてしまう。

驚いてコロさんに取り縋《すが》った私の肩を、圭史郎さんは後ろから、ぽんと叩いた。その意味を私は瞬時に理解する。

コロさんは無事だから、願い事を言ってないのかもしれない。それにあやかしなので、生きている者とは少々事情が異なるだろう。

「僕はもう叶えたから、ほかの人のお願いを叶えてあげて……って、答えたよ。何かいけなかったのかな？」

脱力した私は、コロさんのふわふわの体を抱きしめた。

コロさんが無垢《むく》な看板犬で本当によかった。

「それでいいんです、コロさん……」

「おい、優香。安心してる場合じゃないぞ。次に何が起こるか、予想つくだろ」

ふと辺りを見ると、くまっちはすでにいない。

圭史郎さんに促されて、はっとした私は花湯屋の玄関をくぐる。

臙脂《えんじ》の暖簾《のれん》の向こうからは、くまっちと子鬼ふたりの声が聞こえてきた。

「あたしはないね。蒼龍はお願いしたいことある？」

「ないね。オレたちは毎日温泉に入って、おいしいごはんを食べて昼寝してるから、叶えたい願い事はないよ」

「そっか。……もしかして、あやかしは願いを持ってないのかな？」

なんと今度は子鬼の茜と蒼龍に、願い事を言うように要請している。

けれど即座に断られ、くまっちの声は落胆していた。

ほらな、と言いたげな顔をした圭史郎さんと共に、私は談話室に足を踏み入れる。

ソファに腰かけたくまっちを挟んで、茜と蒼龍は座っていた。

「そうかもね。あたしたちは昔、哀しいことがあったけど、長い年月を経て解決したんだよね」

「そうだね。そのときにくまっちに会ってたら、願い事をしたかもしれないけど、花湯屋のおかげで昇華できたんだ。くまっちも温泉に入れば、哀しみとか恨みとかそういうものが薄れるぞ」

「そっか。まあ、ボクはぬいぐるみだから濡れると萎《しぼ》んじゃうし、温泉には入らなくていいけどね。いろいろと参考になったよ。ありがとう」

くまっちは世慣れしているような雰囲気があった。小生意気とでも言うべきだろうか。なぜか奇妙な既視感が過《よぎ》る。

くまっちの口調は、誰かに似ている気がする……

圭史郎さんは、くまっちたちの向かいのソファにどっかりと腰を下ろした。眉をひそめて、くまっちを睨《にら》み据える。

「おい、くまっち。用は済んだだろ。おまえの住処《すみか》に帰れよ」

圭史郎さんはカナエという厄介なあやかしであるくまっちに、出て行ってほしいらしい。

さっと、くまっちは片手を挙げた。その手には銀粒がのせられている。

「はい、お代。ボクはね、花湯屋のお客様だから。丁重に扱ってよね」

「……なるほど。自分があやかしだと知らなかったのに、花湯屋や秘密の銀鉱については知ってたのか」

「んん？　どうだったかなぁ。さっき、コロにいろいろと聞いたからね。でもすぐに忘れちゃったかも～」

誤魔化すような喋り方と、ソファから垂らした足をぱたぱたさせる仕草が小憎らしい。

圭史郎さんは手渡された銀粒を矯《た》めつ眇《すが》めつ眺めていたけれど、「本物だな……」と呟いた。

得意そうに足をばたつかせたくまっちは、私にも銀粒を差し出す。私はソファに腰を下ろして、輝く銀粒を受け取った。

「はい、優香にもあげる。特別に二粒もらってきたから」

「え、いいですよ。決まりでは一晩に一粒なんです」

「いいの、いいの。これはね、若女将《わかおかみ》への注文代なんだよ」

「注文ですか……。どんなことでしょう？」

料理を特別なものに代えてほしいだとか、ぬいぐるみの体なので乾拭《からぶ》きしてほしいとか、そういう注文だろうか。

くまっちは頭の辺りでくるくると腕を回している。なんの仕草だろう。女の子が髪をいじるときのような動きだ。

「あのさぁ……ボクの姿は人間には見えないし、声も聞こえないいじゃない？　優香と圭史郎は除外ね」

「そうですね。人間があやかしを見るには条件があるんです。それは主に死に際になりますけど」

「死に際じゃ困るんだよね。ほら、みんなと楽しくお喋りしたいじゃない？　だからさ、人間がボクと会話できるようにしてほしいんだ」

人間と話したいという要望は初めてだ。

「そうなれば便利でしょうけど……。圭史郎さん、何か方法ありますか？」

圭史郎さんに目を向けようとしたとき、くまっちは私の注意を引くかのように、大きく両手を振る。彼は明るく言い放った。

「やり方はあるんだよね。ほら、ボクは元々ぬいぐるみで、この体はただの入れ物なんだ。だからボクにそっくりなぬいぐるみを作って、そっちに移ればいいってわけ。そうすれば、みんなから見えるってわけ」

「なるほど……。そんなことができちゃいます？」

圭史郎さんの意見を聞こうとすると、膝に飛びのってきたくまっちにぽかぽかとおなかを叩かれる。柔らかいパンチなので全く痛みはない。

「もう！　圭史郎ばっかり見ないで。ボクの言うこと、信用できないの？」

「そういうわけじゃないですよ」

「だったら、ボクそっくりのぬいぐるみを作ってよ。ねえねえ優香、お願い！」

嫉妬やおねだりの仕方が可愛らしくて、乙女のようである。

そんなくまっちを、圭史郎さんは半眼で見据えた。

「信用できないな。何か企んでるんだろ？」

「そんなことないよ。ボクは優香にお願いしてるんだから、圭史郎は黙っててよ」

「願い事を叶えるカナエが、お願いか。皮肉なものだな」

むっとしたくまっちは、私の膝の上でくるりと向きを変える。腰に手を当てて身を屈め、可愛らしい威嚇《いかく》のポーズをして圭史郎さんを睨《にら》みつけた。

「圭史郎にボクの何がわかるの？　ボクは圭史郎の内側、ちょっと見えるんだよ」

圭史郎さんの、内側……？

思い当たる可能性に、はっとした。

圭史郎さんは鋭い双眸《そうぼう》をくまっちに向ける。

「おまえは握り潰されたいらしいな」

その声を聞いた茜と蒼龍は私の上着の中に隠れる。くまっちは私のおなかに、ぎゅっと抱きついた。

圭史郎さんは、本気で怒っている。

「ふんだ。ボクは銀粒を払ったお客様なんだからね！　秘密をバラされたくなかったら、圭史郎は邪魔しないで！」

くまっちは強気だけれど、がたがたと震えていた。

私が声を上げる前に、圭史郎さんはソファから立ち上がり談話室を出て行く。

「勝手にしろ」

「圭史郎さん、どこへ？」

「厨房だ」

夕飯の支度をするらしい。

圭史郎さんは詰め襟の上着を脱ぐと、肩にかけて厨房へ向かった。


夕飯を終えると、私はくまっちに急かされて再び談話室へ行った。くまっちは夕ごはんはいらないと言って、談話室で待っていたのだ。一刻も早くぬいぐるみを作成してほしいらしい。

「くまっち、ごはん抜きでいいんですか？　ちゃんと食べないと倒れちゃいますよ」

「いいんだよ。ボクはぬいぐるみだから、生き物とは違うんだ。それより、みんなから見える体を早く作ってよ」

くまっちは食べるよりも、人と話がしたいのかもしれない。

もし、作成したぬいぐるみの体にくまっちの精神がのり移って、動いたり喋れたりするなら、すごいことだ。

私は持参したお針箱と、ぬいぐるみを作成するための布や綿などをテーブルに広げた。

以前、手縫いのぬいぐるみを作成したことがあるので、そのキットの余りがあった。

とことことテーブルを歩いたくまっちは、道具類をチェックする。

「この布と……糸はこれね。目はこれでいいよ。あ、そうだ。ぬいぐるみはできるだけ、ボクの今の姿に似せて作ってね」

「わかりました。似てないと、精神を移せないってことですね？」

「まあ、そういうこと。特に、この左腕は垂らしてね」

くまっちは左腕を掲げた。

そこは腕のつなぎの部分が伸びていて、引っ張られたような痕跡《こんせき》があった。

たとえば、子どもがぬいぐるみの腕を持ち手代わりにしていると、そんなふうになってしまう感じだ。

「わざと使用感があるように作るんですね。それじゃあ……まずは型紙を取りましょうか」

手足や耳、胴体などの型紙を造り、布に合わせてから裁ち切り鋏《ばさみ》で裁断していく。

それぞれのパーツを中表に合わせて、ちくちくと針で縫っていく。

くまっちは私の正面に立って、テーブルからじっと作業を見ていた。

「そこ、糸がきついかな。もうちょっと緩めて」

「はい」

「耳の位置が違うよ。もっと左」

「はい」

指示を受けながら縫い進め、くまっちそっくりのぬいぐるみは次第にできあがっていった。

やがて目と鼻をつける段階になると、厨房の仕事を終えた圭史郎さんが様子を見にやってきた。その後ろから、子鬼たちとコロさんも顔を出す。

「クマのぬいぐるみ、可愛いね」

「くまっちそっくりだね」

「若女将《わかおかみ》さんはお裁縫も上手なんだね。すごいや！」

みんなに応援してもらった私が頬を綻《ほころ》ばせていると、ぬいぐるみを見た圭史郎さんは呆れたように言った。

「まるで中古品じゃないか。糸がほつれてるぞ」

「……これでいいんです。くまっちは、できるだけ今の姿に似せてほしいそうなので」

体の中に綿を詰めて、脇を縫い上げる。

ついに、くまっちそっくりのぬいぐるみは完成した。

「できました……！」

宝物を発見したかのように、ぬいぐるみを高く掲げる。自作すると感激もひとしおだ。

パチパチと、みんなは拍手をしてくれた。

垂れた左腕も取れかけた耳も、くまっちのもとの姿によく似ている。ベージュの生地は汚れてはいないけれど、大体同じ色だ。

ぬいぐるみを眺めたくまっちは喜びの声を上げた。

「うんうん、似てる！　じゃあ、優香。そのまま、ぬいぐるみを持っていてね」

「はい。こうですか？」

みんなから見えるように、私の頭上に掲げる。

くまっちはバンザイして両手を挙げると、息を詰めた。

「ンン……フッ！」

ひゅん、と青白い光が一瞬、室内を走る。

そしてくまっちの体は、ぱたりと倒れた。

「え……くまっち⁉」

もぞりと、私が持っていたぬいぐるみが動いた。

完成したばかりのぬいぐるみは手足を回したり、首を捻《ひね》ったりしている。

「あー、なんか違和感あるなぁ。まあ、こんなものかな」

ぬいぐるみは、くまっちと全く同じ声で喋り出した。

なんと、今の動作だけで精神を移す行為は完了してしまったらしい。

「ええ⁉　もう移ったんですか⁉」

「そうそう。早く降ろしてよね」

くまっちはソファに飛び降りた。

一連のやり取りを眺めていた圭史郎さんは双眸《そうぼう》を細める。

「移魂《いこん》か。無機物あやかしにしかできない技だな。血肉が通ってないから、難しくはない」

これは移魂《いこん》という、無機物のあやかし特有の技術のようだ。

あまりにも簡単だったので、私は呆気に取られた。もっと儀式のようなものが行われるのかなと思っていたからだ。子鬼たちやコロさんも口を開けている。

くまっちは動かなくなったもとの体を見下ろして、ぽつりと呟く。

「でも……宝石までは移せないんだね。宝石をどうするかまでは、ちょっと考えてなかったなぁ」

赤い宝石は、変わらず禍々《まがまが》しい光を放ち続けている。この宝石がカナエの証であり、くまっちの力の源なのだ。

「宝石もこちらの体に縫いつけましょうか？」

手を伸ばして触れようとすると、赤い宝石は警告のように点滅した。まるで宝石そのものが、意思を持っているかのように。

圭史郎さんは鋭い声を上げた。

「優香、宝石に触れるな。カナエの本体はその宝石だ」

「えっ……これが本体……ですか？」

「カナエは上級あやかしだ。無機物だが意思を持っている。依代《よりしろ》を探してのり移り、そいつを使役して願いと引き替えに命を吸い取っているんだ」

どうやら宝石そのものが上級あやかしであるらしい。私は慌てて手を引いた。

圭史郎さんの説明に、コロさんは首を傾げる。

「じゃあ……くまっちさんは上級あやかしのカナエじゃなくて、体をのっ取られているの？」

「くまっちは雑種だ。雑種はカナエにのり移られやすい。取り憑かれている状態だが、くまっち自身の意思もある」

なんと無機物の上級あやかしが、こまもふのくまっちにくっついているのだ。驚いたけれど、私は大事なところを訂正しておく。

「圭史郎さん、雑種じゃありません。こまもふです」

「ああ……忘れてた。こまもふ、な」

圭史郎さんに正体を明かされたためか、哀しげに目を伏せたくまっちを、子鬼たちは明るい笑顔で囃《はや》す。

「すごいね、くまっち。上級あやかしがコバンザメみたいにくっついてるんだね」

「すごいね。オレも願いが叶う宝石が欲しいぞ」

楽観的な子鬼たちの言い分を聞いた私は、なんだか不安になった。

このカナエという宝石のあやかしは、くまっちを利用しているのだろうか……

俯《うつむ》いていたくまっちに、子鬼たちの言葉で笑顔が戻る。私の自作のぬいぐるみだけれど、移魂《いこん》すれば手足と同様に、表情も動かせるようだ。

「そう？　残念だけど、カナエはボクを選んだんだから、しょうがないよね。君たちが扱うには難しいんじゃないかな」

胸を反らしたくまっちは、くるりと圭史郎さんに向き直る。

「ねえ、圭史郎。宝石はこっちの体に移せないの？」

「おまえな。さっき、俺にカナエの何がわかるとか、喧嘩売ってなかったか？」

「ごめんごめん。宝石を移す方法を教えてよ、お願い」

可愛らしくもこもこの両手を合わせて、くまっちは甘えた声を出した。

くまっちは願いを叶えることのできる、上級あやかしのカナエを味方につけているけれど、彼は様々なことを周囲にお願いしている。

誰かの望みを叶えるためには、まず当人の望みを果たさなければならないというのが世の理《ことわり》なのだろうか。圭史郎さんの言うとおり、なんだか皮肉めいていた。

圭史郎さんは首を横に振る。

「勘違いしているようだが、移魂《いこん》はあくまでも仮の器に移っているだけだ。おまえは宝石のついている体を捨てるわけにはいかない。常に傍に置いておけ。それから、無理に宝石を剥がそうとするのはやめたほうがいい。生物から心臓を取り出すようなものだぞ」

どうやら、新しい体にすべてを引っ越しすることはできないようだ。この宝石は、くまっちのもとの体と合体しているらしい。

くまっちは、フッと鼻で嗤《わら》うような息を吐いた。

「なぁんだ。もっと早く言ってよね、ケチ」

「……おまえな」

「カナエってすごいのかと思ったのに、いろいろ面倒なんだね」

「本当にわかってるのか？　カナエの力を安易に使おうとするな。危険な上級あやかしだぞ。たとえば願いが叶ったときの宝石の吸収だが……」

「ああ、もういいから。ボクはあやかしになったときに全部わかったんだから。お説教はたくさんだよ」

くまっちは面倒そうに手を振った。

険悪な雰囲気になりそうなので、私は慌ててくまっちを抱きかかえる。

「まあまあ、いいじゃないですか。これで、くまっちは誰からも見えるようになったんですよね？」

「そうだよね。早速、誰かと話してみようかな。優香、そっちのボクの体を持ってきて。あ、きみたちはついてこなくていいから。解散ね」

くまっちは、ぴょんと私の腕から飛び降りた。とことこと歩いて談話室を出て行く。子鬼たちとコロさんはくまっちを見送ると、それぞれの持ち場へ戻っていった。

つい今まで作成していたぬいぐるみが歩いているなんて、なんだか不思議な感じだ。

私は動かなくなったほうのくまっちの本体を、宝石に触れないように抱きかかえて、彼のあとについていった。圭史郎さんも私たちの少し後ろを無言でついてくる。

「できれば人間の女のほうがいいかなぁ」

「女の人とお話ししたいんですか？」

くまっちは従業員が出入りする扉を、もこもこの腕でぽんぽんと叩いた。開けてという、お願いだ。ぬいぐるみの体では扉は開けられないわけなので、私は把手《とって》を掴む。

「人間の女はね、欲深いんだよね。テレビで見てたから知ってる」

「それはテレビ番組がそういったテーマだったんじゃないですか？　女の人がみんな欲深いわけじゃないですよ」

「そう？　まあ、優香は願い事がないわけだから、関係ないでしょ」

私たちに願い事をするときは可愛らしさを発揮するけれど、用がないときは辛辣だ。とてつもなくあからさまに裏表を使い分けている。

でも、あえて欲深い女性と話したいのは、なぜなんだろう？

扉の向こうは従業員用の通路で、途中に事務室がある。

ここにはよくみずほさんがいて、発注や来客などの電話応対を行っている。私もお茶の時間にお邪魔することもある。

「承知しました。それでは失礼いたします」

みずほさんの軽快な声が届いた。受話器を置いたみずほさんと、ちょうど事務所の戸口に立ったくまっちの目が合う。

「あら……」

「きみ、ボクが見えるの？」

「え……ええ⁉　ぬいぐるみが喋った⁉」

「ボクは、上級あやかしのカナエ。願い事を叶えることのできる、すごいクマだよ」

「あ……お客様なのね。失礼しました。私は仲居のみずほと申します」

くまっち自身はこまもふなのだけれど、彼はあえて上級あやかしのカナエと名のった。上級あやかしは宝石のほうなのに。

みずほさんは、あやかしと聞いてすぐに緊張を解く。

人間のお客様をお迎えしているみずほさんたちには、あやかしの姿は見えないが、あやかしの存在は知っている。

「あやかしのお客様を見るのは初めてだわ。ぬいぐるみのあやかしだから、あたしにも見えるのかしら？」

「そうなんです。私が今、抱っこしているほうが本体で宝石がくっついていて、こっちの体は私がさっき作った……」

みずほさんに目で促され、説明しようとしたのだけれど。

もこもこの手で、足許《あしもと》をぱしりと叩かれる。

「優香は黙ってて。ボクはね、みずほとお話ししたいの。あやかしのボクが綺麗な女の人と喋れるなんて初めてだから、感動してるの」

「はあ……」

確かにみずほさんは綺麗な女の人だけれど、先程は人間の女は欲深いとか言ってたような……

「やだ、カナエ様ったら。綺麗だなんて、お上手なんだから。ささ、こちらにお座りください」

みずほさんは喜色を浮かべて、くまっちを椅子に導いた。

私の背後で、壁に凭《もた》れている圭史郎さんの嘆息が聞こえる。

くまっちは勧められた椅子に座ろうとはせず、みずほさんの足許《あしもと》に近づいた。

「カナエはファミリーネームだね。ボクの名前は、くまっち。気軽に呼んでね、綺麗なみずほ」

「そうなのね。よろしく、くまっち」

みずほさんは嬉しそうに声を弾ませている。

くまっちは漆黒の目を細めて、にやりと笑い、みずほさんを見上げた。

「綺麗でお仕事をがんばってるみずほに、ご褒美をあげる。なんでもひとつだけ、願い事を叶えてあげるよ」

「えっ、本当？　なんでも願いを叶えてくれるの？」

くまっちは悪魔のような笑みを浮かべて、こくこくと首を縦に振る。

私は息を呑《の》んだ。くまっちが移魂《いこん》したのは、人間の女性と話したいわけではなく、もしかして命を取れる獲物を捜すためだったのではないか。

「待ってください、みずほさん！　願い事は無償じゃありません」

「優香の言うことは気にしないで。願い事を叶えてもらえなかったから、優香はみずほの邪魔をしたいんだよ。困っちゃうよね」

慌ててくまっちとみずほさんの間に割って入ったけれど、くまっちにぐいと押し戻される。

カナエが願い事を叶えたとき、その願いを果たした者は命を取られる。

みずほさんが軽い気持ちで願い事を口にしたら、大変なことになってしまうんだ。

みずほさんは私の話が全く耳に入っていないらしく、天井を見上げながら嬉しそうに悩んでいた。

「ええ～どうしよう。永遠に若く美しく……絶世の美女になって女優に転身……それから王子様に見初められて結婚というコースなんか、どうかしら？」

「それね、ひとつじゃないから。多すぎるから」

再び制止しようとした私の足が止まる。

みずほさん……欲深い……

背後の圭史郎さんが、ぽんと肩を叩く。

「ひとまず、静観だ」

「でも、願い事が叶ってしまったら……」

圭史郎さんは顎をしゃくり、呆れるくまっちと嬉々としたみずほさんを示す。

「やっぱり、世界平和を願うべきかしら？　でも健康も大事よね。というか、世界中の人が不老不死になればいいのかしら」

「ちょっとね、スケールが大きいかな。自分のことだけにしてよ」

くまっちはそれまでは甘えた声だったけれど、みずほさんの強欲な願いを聞いた途端に冷淡になる。

世界中の人々を対象にはできないようだ。なんでも叶えるといっても、カナエの力には制約があるらしい。

ふうん、と呟いたみずほさんは、悪女のような流し目でくまっちを見た。

「決めたわ。願い事は、願いを三つにすることよ」

「……え？」

思いもかけない願いに、くまっちと私は唖然とする。

みずほさんは得意気に片眼を瞑《つむ》った。

「そうすれば、ふたつを叶えて残りのひとつは保険として取っておけるでしょ？　そうして最後の願いでまた三つにして……うふふ。我ながら冴えてるわ」

……なるほど。

その方法をとれば、様々な願いを叶えながら命を取られることもないわけで。

でもそれって、ずるいのでは……

圭史郎さんを振り返ると、彼は呆れた顔をしていた。みずほさんの狡猾《こうかつ》さの前では、口を出す気にならないようだ。

くまっちは腕組みをして、考え込んでいる。

「ふむふむ……そういう願い事は予想してなかったね……」

「くまっちは、あたしの願いをなんでも叶えるって言ったわよね？　願い事を増やしてはいけないとは、言ってないでしょ？」

「そうだけどね。ちょっと考えてみないとわからないかな。でも、綺麗で賢いみずほのお願いを、きっと叶えてあげるよ」

「ありがとー！　くまっち、大好きよ！」

みずほさんがくまっちを抱きしめようと手を伸ばすと、すいと避けたくまっちは椅子に座った。

「いっぱいお喋りしたから喉が渇いちゃったな。みずほ、オレンジジュースが飲みたい」

「かしこまりました！　すぐに買ってくるわね」

みずほさんは意気揚々《いきようよう》と事務室を飛び出していった。売店でオレンジジュースを購入するのだろう。

椅子に座ったくまっちは、「フンフ～ン♪」と鼻歌を歌いながら、足をぱたぱたと動かしている。みずほさんの無茶とも思える願い事に困った様子も見せず、とても上機嫌だ。

「あのう……くまっち。みずほさんの願い事なんですけど……」

「優香は黙ってて。そういう約束だよね？」

「えっ？　いつ、そんな約束しましたっけ」

「ンー、五秒前くらい」

「……」

五秒前は今の会話中だと思う……

みずほさんの前では愛くるしく振る舞ってたけど、小憎らしいほうが彼の本性のようだ。

「みずほさんと、いい勝負だな」

ぼそりと呟いた圭史郎さんに、私は苦笑を返す。

ややあって、みずほさんが小袖の袂《たもと》を揺らしながら事務室に戻ってきた。彼女の手にはペットボトルのオレンジジュースが握られている。

「お待たせしました、くまっち。オレンジジュース、買ってきたわよ」

「ありがと。キャップ開けてね」

「はい、かしこまりました。どうぞ～」

くまっちの命令どおり、ご丁寧にキャップまで開けてあげたみずほさんは恭《うやうや》しい仕草でオレンジジュースを差し出す。

もこもこの両手で受け取ったくまっちは、ぐいとペットボトルを傾ける。布の口許《くちもと》に、ジュースの液体が吸い込まれていく。すると、私が抱っこしているくまっちの本体が、ふるふると揺れた。

どうやら食事を取ると、器の体を通して本体のほうに食べた物が吸収されるようだ。

小さな体に見合わず、瞬《また》く間にジュースを飲み干した。

ぷはぁ、と息をついたくまっちは爽やかな笑みを浮かべた。それは、願い事を持ちかける悪魔のような笑みとはかけ離れた、清々しい表情だった。

「ああ、おいしかった。ずっと、オレンジジュースを飲んでみたかったんだよね。もっと飲みたいな。みずほ、買ってきて」

「はいはい。もう一本ね」

「十本くらいは飲みたいな。ボクはとっても喉が渇いてるんだよね。願い事を叶えるためにはエネルギーが必要だからね」

「はいはい、十本でも二十本でも、たくさん飲んでちょうだい。早速買ってくるわね！」

「よろしく～」

みずほさんは再び事務室を駆け出した。

なんだか、みずほさんはいいようにくまっちに使われているような……

私はおそるおそるくまっちに話しかける。

「あのう、くまっち……」

すると、くまっちは空になったペットボトルを差し出した。

「優香。捨てておいて」

「あ、はい」

「ゴミは分別しないといけないよ。地球環境のためだからね」

「……そうですね」

地球環境を守るのは大切だ。

私は、空のペットボトルを受け取ると、丁寧にラベルを剥がした。

背後から漏れた圭史郎さんの嘆息には聞こえないふりをしながら。

その日以来、くまっちは様々な食べ物を持ってくることをみずほさんに要求した。願いを叶えるためか、みずほさんは愛想よく、くまっちの命令どおりに食べ物を貢いでいる。

食べ物の種類はチョコレートケーキにオレンジジュース、それにポテトチップなどの菓子類ばかり。しかも大量だ。談話室のテーブルにはみずほさんがスーパーから購入してきたお菓子が山積みされ、くまっちはそれをぺろりと平らげてしまう。ソファに寝そべりながらポテトチップをつまんでいるさまは、まるで行儀の悪い子どものよう。ムシャムシャとぬいぐるみが咀嚼《そしゃく》するたびに、宝石のついているくまっちの本体はふるふると動く。

いったい、どこに入っているのだろう……

「みずほー、ポテチなくなっちゃった。もっと買ってきて。塩味のやつね」

くまっちが呼べば、素早く現れたみずほさんは笑顔で応える。

「かしこまりましたぁ！　次の休憩時間に買ってくるわね」

「ええ～？　ボクと仕事と、どっちが大事なの？」

「それはもちろん、くまっちよ！　ちょっと待っててね。時間調整してくるわ」

「早くね。ボク、おなか空いてるから」

空袋を放り投げたくまっちは、手持ちぶさたなのか、ぶらぶらと足を動かす。

私はそこらに散らばったポテトチップの欠片《かけら》や空袋を片付けた。

「あのう、くまっち……」

「ボク、なんにも悪くないもんね。みずほが勝手にボクにプレゼントしてくれてるんだから」

それについても言いたいことはあるのだけれど、みずほさんは喜んでくまっちのために食べ物を買ってくるので、水を差せる雰囲気ではなかった。

私が指摘したいのは別のことだ。

「どうして、宿の食事を取らないんですか？　ごはんやおかずを食べないで、お菓子ばかり食べていたら体の栄養が偏《かたよ》りますよ」

くまっちは毎日銀粒を渡してくれるけれど、食堂に来たことは一度もなかった。いつも談話室のソファに寝そべり、お菓子ばかり貪《むさぼ》っている。

ぬいぐるみのあやかしだけれど、お菓子やジュースを摂取できるということは、ごはんも食べられるはずだ。

むしろ、まともな食事を取らないから、いくら食べても物足りないのではないだろうか。

「ボクはごはんもおかずも食べないの。お菓子が主食なの」

「でも、ケーキを食べられるということは炭水化物を摂取できるはずで……」

「うるさいなあ。優香は口うるさくて、ママみたいだね」

「ママ……？　くまっちは、お母さんがいるんですか？」

「いるわけないじゃない。ボクはあやかしになる前は、ふつうのクマのぬいぐるみだったんだから」

「ということは、ママというのは……」

「どうでもいいじゃない。もう出て行ってよ！」

急に怒り出したくまっちに、談話室から追い出されてしまった。仕方なくお菓子の空袋を抱えて廊下へ出ると、戻ってきたみずほさんと入れ違いになる。

みずほさんは買い物袋を両手に携えて、嬉しそうに談話室へ入ろうとする。

「あの……みずほさん」

「ん？　どうしたの、優香ちゃん」

買い物袋からはお菓子の袋が覗《のぞ》いている。大量に詰め込まれているので、布袋はパンパンに膨らんでいた。

「毎日そんなにお菓子を買っていたら、大変じゃないですか？　くまっちに頼まれたお菓子は全部、みずほさんのお財布から払ってるんですよね？」

手間もそうだけれど、大量なので大変な金額になっているだろう。

くまっちは命令するだけで、もちろんみずほさんに金銭は渡していない。

けれど、みずほさんはからりと笑った。

「なーに言ってんのよ、優香ちゃん。全然大変じゃないわよ。だって願い事を叶えてもらえば、いくらでもお金持ちになれちゃうんだからね。これくらいは投資よ、投資」

「でも……くまっちは願い事を三つに増やせるとは言ってないですよね？」

みずほさんの提案した願い事については保留されている状態なので、すぐに命を取られる心配はないけれど、別の問題が持ち上がっている。

くまっちが、みずほさんを利用してお菓子を食べ散らかしていることだ。

「ははあ……さては、優香ちゃんも願い事を叶えてほしくなったんでしょ？」

「え？　いえ、そういうことじゃないですよ。みずほさんが心配なんです」

「またまた。ダメよ。願い事はあたしのものなんだからね！　優香ちゃんは邪魔しないでちょうだい」

みずほさんに追い払われてしまい、仕方なく私は口を噤《つぐ》む。談話室からはみずほさんの猫撫《な》で声と、くまっちが袋を開けてだとか命令する声が聞こえてくる。

私は溜息を吐いた。

みずほさんとくまっちの双方に煙たがられてしまった。

けれど、今の状態は歪《いびつ》に見えてしまう。よからぬ方向に転がっていくのではないかという疑念が拭えない。

みずほさんとくまっちは、欲のために互いを利用している。そして宝石のカナエが、ふたりを操っているように見える。

このままではいけないと思うのだけれど、どうしたらいいのだろう。

廊下の角を曲がると、見慣れた法被《はっぴ》が目に飛び込んだ。柱に凭《もた》れかかっている圭史郎さんは、談話室の様子を気にかけていたようだ。

「……圭史郎さん。見てましたか」

連日、談話室のソファをお菓子とくまっちに占拠されているので、昼寝場所がない圭史郎さんは軽トラックの車内で午睡を貪《むさぼ》っているらしい。

彼の黒髪はいつもどおり撥《は》ね上がっていた。

「あの暴君はどうにかする必要があるな。図々しいにもほどがある。軽トラで昼寝するのも限界だ」

「そっちですか……。私はみずほさんが心配ですよ。このままじゃ、みずほさんの今月の給料がお菓子で消えちゃいます」

「欲に目が眩《くら》んでるからな。本当にあやかしのカナエは願いを叶える力があるんでしょうねと、みずほさんはぎらついた目で俺に詰め寄ってきたぞ」

「それで、圭史郎さんはなんて答えたんですか？」

「本当だと言っておいた。事実だからな」

私は眉をひそめた。圭史郎さんのお墨付きを得れば、さらにみずほさんはくまっちの言いなりになって、お菓子を与えてしまう。

「もうちょっと別の言い方があったんじゃないですか？　願いを叶えたら命を取られるとか、願い事を三つに増やすのは疑問だとか」

「説得しても無駄だ。俺がなんと回答しようが、みずほさんの考えは変わらないだろう。どうせ、くまっちに願い事を叶える気はないんだ。みずほさんについては、諦めるまで好きにさせればいいさ」

「え……願い事を叶える気がない……？」

圭史郎さんは肩を竦《すく》めて見せる。

「あれは願い事を餌にして、みずほさんをこき使ってるだけだ。カナエは命を糧《かて》にする危険なあやかしだが、くまっちは初めから使い走りを見繕うつもりだったんだな」

私は目を見開いた。

ということは白銀橋で声をかけてきたのも、私にぬいぐるみを作成させたのも、初めからお菓子を食べたいがゆえだったのだろうか。

命を奪うよりは、ささやかな策略だけれど、みずほさんをもてあそぶのはどうなのかと思う。

「どうにかできませんか？　この状態が続いたら、みずほさんが破滅してしまいますよ。金銭的に」

「そうだな……。くまっちをどうにかするしかなさそうだ」

「お菓子を食べるのをやめさせたらいいんじゃないでしょうか。くまっちは全然宿の食事を食べてくれませんよね。お菓子が主食だと言うんです」

「あれはただの偏食だろうな。だが取り上げるのは逆効果だ」

あやかし食堂でみんなとおいしいごはんを食べれば、くまっちも楽しいのではないだろうか。くまっちは一切食堂に来ない。コロさんや子鬼たちが誘っても、迷惑そうに断っているのだ。

談話室でお菓子だけをひたすら貪《むさぼ》っている姿は、満足しているようには見えない。まるで、やりたいことができないから、仕方なくお菓子ばかり食べているというふうだ。

「ケーキを食べていたので、炭水化物は好きだと思うんです。お菓子と食事の中間のような、くまっちが興味をそそられる食べ物はないでしょうか？」

「ぬた団子なんか、どうだ？」

聞き慣れない単語に、私は目を瞬《またた》かせた。

「ぬた……え？　お団子ですか？」

「全国的には『ずんだ』のほうが通りがいいんだろうな。枝豆をすり潰し、砂糖を加えて餡《あん》にしたものを、山形では『ぬた』と称する。餅に絡めたり、ごはんのおかずにもなる。それを団子に塗ったものを、ぬた団子と言うんだ」

「ずんだは聞いたことあります。綺麗な黄緑色なんですよね。あれって、枝豆の色だったんですか」

「和菓子店に売っているんだが、買いに行ったらみずほさんの二の舞だからな。手作りしてみよう。くまっちにも手伝わせるんだ」

「いいですね！　手作りすれば、よりおいしいと思えるんじゃないでしょうか」

おやつにぬた団子を食べるべく、私たちは早速準備に取りかかった。

厨房へ赴いた圭史郎さんと別れた私はくまっちを誘うため、談話室に足を踏み入れる。

くまっちは空袋を散らかしたまま、ソファに寝転んでいた。仰向けになって、ぼんやりと虚空を眺めている。

「くまっち。今日のおやつは、みんなで手作りしませんか？」

「おやつ？　……作るの？　ボクは何かを作ったことなんてないよ。ぬいぐるみだから、女の子の話し相手しかしたことないもの。まあ、ボクが喋るわけじゃないけど……」

あやかしになる前のくまっちは、女の子と一緒にいたらしい。いろんな意味で賢いくまっちはテレビから知識を仕入れたと語っていたけれど、その子の家に住んでいたのだろうか。もしかしたら、くまっちがお菓子やジュースばかり欲しがるのは、その女の子の影響なのかもしれない。

ぬいぐるみなので生き物と違い、今までは食べることも作ることも経験したことがなかったのだ。本当の意味での、食の楽しさを知らないのかもしれない。

「楽しいですよ。くまっちがお手伝いしてくれたら、おいしい『ぬた団子』が作れます。もちろん、私もお手伝いしますね」

興味なさそうに寝転がっていたくまっちだけれど、『ぬた団子』という言葉に反応して、ソファから起き上がる。

「あ……それ、知ってる。黄緑色のお団子だよね？」

「そうです。私も食べたことはないんですけどね」

「ボクも。……食べてみたいな、ぬた団子」

そのとき、キャビネットの裏から子鬼ふたりが飛び出してきた。

「あたしたちも、お手伝いするよ。ぬた団子、おいしいよね」

「おいしいよね。くまっちも、オレたちと一緒に作ろう」

茜と蒼龍に、両手を引かれたくまっちはソファを下りる。

「いいよ。でも……お手伝いって、何をすればいいのかな？」

三人は連れ立って廊下へ出ると、厨房へ向かった。くまっちの両隣を、茜と蒼龍が挟む格好だ。

「とりあえず、味見だね」

「そうだね。味見大事。あとは見学かな。圭史郎と優香が怪我しないように見てないといけないんだ。それも大事」

「ふーん。それなら、ボクにもできそう」

茜と蒼龍は先輩らしく揚々と、くまっちに教えてあげている。私はその様子を微笑ましく見守りながら、三人の後ろについて厨房へ向かった。

厨房ではすでに圭史郎さんが、ぬた団子の用意を調えていた。

作業台には、籠に山盛りになった枝豆が積まれている。茹《ゆ》でたてなので、まだ温かな湯気が立ち上っていた。

「わあ、こんなにたくさんあるんですね」

「それを剥いて使うんだ。薄皮も剥くんだぞ」

「じゃあ、私たちで枝豆の皮を剥きましょうか」

ぴょんと私の腕に飛びのった茜と蒼龍は、弾みをつけて作業台に着地する。

「わあい、やるやる」

「ボクも、やってみたい。優香、ボクも台にのせてよ」

くまっちは子鬼たちほどジャンプできないようなので、抱き上げて作業台にのせてあげた。初めは臆していたけれど、子鬼たちに先導されてお手伝いできそうだ。

茜は籠からひとつの枝豆を取り出し、くまっちに手渡した。

「はい、くまっち。皮を剥いてね。外側のはサヤで、中に豆が入ってるの。押し出すと豆が出てくるよ」

「……それくらい、知ってるよ。こうするんでしょ？」

もこもこの手でサヤを押すと、勢いよく飛び出した豆がくまっちの顔に直撃する。

「わぁ！　びっくりしたぁ」

「あはは。その調子だね」

「上手いぞ、くまっち」

顔を撫《な》でたくまっちは照れたように、唇を尖《とが》らせた。

「ふ、ふん。こんなの簡単だよ。もう一回やってみようっと」

三人は小さな手で、枝豆の皮を丁寧に剥いてくれた。旬の枝豆は艶々としていて、とてもおいしそう。私も枝豆を取って、お手伝いをする。薄皮を剥くのが意外と難しい。

やがて皮をすべて剥き終えた枝豆は深皿に山積みになった。

「今度はそれをすり鉢に移すんだ。砂糖を加えて、すりこぎで潰す」

圭史郎さんは大きな陶器製のすり鉢と、砂糖の器を作業台に出した。

私が枝豆の入った深皿を取ろうとすると、くまっちが制止する。

「ボクがやる！　優香は触らなくていいから」

「でも、結構重いですよ？」

深皿を傾けて枝豆をすり鉢に落とすのは、小さなくまっちには難しいかもしれない。

けれど、くまっちは懸命に深皿を傾けた。

そのとき茜と蒼龍が駆け寄ってきて、くまっちの両脇から深皿を支える。

「あたしたちも手伝うね」

「オレも。小さくても三人でやればできるぞ」

三人は力を合わせて深皿からすり鉢に枝豆を移す。

ざあっと音を立てて、みんなで剥いたすべての豆粒がすり鉢に移った。同じようにして、砂糖も投入される。

それから伏せた茶碗を台座代わりにした三人は、すりこぎを持って「うんしょ、うんしょ」と突き始めた。みるみるうちに枝豆は潰されていく。これが砂糖と混ざり合い、完成すれば『ぬた』になるのだ。

手を引いた私は、小さな三人が懸命に頑張る姿を見届けた。

圭史郎さんは私たちに枝豆のほうを任せて、別の作業に取りかかっている。

「ぬたは任せたぞ。団子も作らないといけないからな」

「えっ？　お団子も手作りなんですか？」

「優香は、団子は月から落ちてくるくらいに思っていそうだな」

「そこまで夢見てないですよ……」

お店で売っているお団子しか目にしたことがないので、手作りできると知って少々驚いたのは確かだけれど。

「簡単だぞ。茹《ゆ》でたり蒸したりと複数の方法があるんだが、今日は茹《ゆ》でてみよう」

ボウルに上新粉と水を投入して、へらで混ぜ合わせる。上新粉はうるち米を加工した粉で、お団子や柏餅、ういろうなどの和菓子に使用されるものだと、へらを操りながら圭史郎さんは教えてくれた。

手でこね合わせた圭史郎さんは、それをまな板の上に置くと、両手で転がして細長い一本の棒のようにした。

「優香はこれを千切《ちぎ》って、一個ずつ掌《てのひら》で丸めてくれ。俺はできたものから茹《ゆ》でる」

「わかりました」

丸めてお団子の形にするのだ。

鍋を用意した圭史郎さんは、ふいにこちらを振り返る。

「常識的な団子の大きさにしてくれよ？　串に三つぐらい刺すんだからな。特大のリンゴ飴と勘違いするなよ」

「わかってますってば！」

どうも圭史郎さんは私の常識を疑っているようだ。さすがにお団子の大きさくらいは知っている。

お団子のもとを、棒状のものから千切《ちぎ》り、掌《てのひら》でころころとこね合わせる。

もちもちとした感触が手の中で弾んで楽しい。

適度な大きさの、真ん丸なお団子をひとつずつまな板に並べていく。

それを次々に、圭史郎さんは熱湯に投入した。十分程度茹《ゆ》でてから、おたまで掬《すく》い上げ冷水にとる。

お団子ができあがる頃、ぬたを作っていた三人も、ようやくすりこぎを置いた。

すり鉢を覗《のぞ》き込むと、枝豆の形状は跡形もなく、滑らかなぬたが完成している。

くまっちは息を吐いて、すとんとお尻をついた。

「ふう……できた……」

茜と蒼龍も全力を出したのか、座り込んでいる。

「できたね。お手伝い、がんばったね」

「できたね。ぬたを作るのはたいへんだなぁ」

「みんな、とっても頑張りましたね！　すごく綺麗なぬたですよ」

黄緑色に光り輝くぬたは、とても美しい。砂糖と豆の甘い香りが漂ってきて、食欲をそそられる。

けれど、完成まではもう少しのようだ。最後の作業が残っているのである。

「おまえら、まだ終わりじゃないぞ。団子を串に刺せ」

「ええ～、こわいよ」

くまっちの言葉に私は目を瞬《またた》かせる。

串が尖《とが》っているから、怖いのだろうか。

「くまっち、何が怖いんですか？」

「え？　枝豆を潰すのを頑張ったから、こわいんだよ」

頑張ったから、怖い？

首を捻《ひね》っていると、圭史郎さんは説明してくれた。

「こわい、というのは山形弁で『疲れた』という意味だ。恐怖のほうの『怖い』と全く同じ発音だ。ちなみに、『怖い』の山形弁は『おっかない』だ」

「そうだったんですね！　……それじゃあ、私は今、こわいんですね」

「団子を丸めただけだろ……」

あはは、とみんなで弾けるように笑った。

またひとつ山形弁を習得した私は、山形人に近づけたような気がして嬉しかった。

白くて丸いお団子を、ひとつずつ竹串に刺していく作業もみんなで行う。

みんな、こわいこわいと楽しげに言いながら、お団子の串を皿に並べていった。

最後にお団子の上からぬたを塗り、ぬた団子は完成した。

あやかし食堂では、おやつの時間と共に、くまっちのささやかな歓迎会が行われた。

みんなで手作りした光り輝くぬた団子がテーブルに並んでいる。それはまるで宝石のようだ。

コロさんも加わり、みんなは拍手でくまっちを歓迎した。

「くまっちさん、あやかし食堂へようこそ。ぬた団子、ごちそうになるね」

くまっちは少々恥ずかしそうに、黒い目を瞬《また》かせつつ唇を結んでいた。私は宝石のついたくまっちの本体を膝の上にのせながら、その様子を温かく見守った。

「ど、どうぞ。食べてよ。ボクも初めてぬた団子作ったし、食べるのも初めてだから」

これまでは食堂を訪れてくれなかったけれど、こうしてみんなと交流するきっかけが作れてよかった。

「じゃあ、みんなでいただきましょう」

「いただきまーす！」

みんなで唱和し、竹串を手に取る。

口に含んだ初めてのぬた団子は……甘いのに、爽やかな枝豆の風味が口の中いっぱいに、ふわりと広がる。もちもちとした手作りのお団子も、柔らかくておいしい。

こわい思いをしながら、みんなで作り上げたぬた団子は格別のおいしさだ。

みんなは、おいしいおいしいと歓声を上げた。

くまっちが咀嚼《そしゃく》するたびに、私の膝の上の本体はふるりと震える。食べたぬた団子が、こちらに移動しているからだろう。

ぬた団子に目を落としたくまっちは、ぽつりと呟いた。

「……おいしい。ぬた団子って、こんな味だったんだね」

「くまっちは、前にぬた団子を見たことがあるんですか？」

ちらりと私を見たくまっちは語り出した。

「ボクはね……ずっと、女の子の部屋にいたぬいぐるみだったんだよね。ぬた団子もね、未来ちゃんが好きでよく食べてた」

「未来ちゃん……？　まさか、くまっちが一緒に暮らしていた女の子の名前は、佐藤未来ですか？」

くまのぬいぐるみを必死な様子で確認していた未来の姿を思い出す。くまっちは、あっさりと頷《うなず》いた。

「そう。優香は未来ちゃんと同じ制服を着てたもんね。今はもう未来ちゃんは高校生だからさ。同じクラスなのかなって思ったよ」

くまっちの喋り方は誰かに似ていると感じていたけれど、それは未来だったのだ。彼女と一緒にいたから言葉遣いがうつったのだろう。

「未来ちゃんが赤ちゃんのとき、ボクは家にやってきたんだ。たぶんどこかのデパートから買われたんだろうけど、前のことは覚えてないな。ボクは未来ちゃんの一番の友達だった。未来ちゃんはいつもボクを抱きしめて離さなかったよ。片手がお菓子で塞《ふさ》がってるときは、空いたほうの手でボクの腕を持ってたよ。だから左腕だけ伸びちゃってさ。耳もね、不安なことがあるとき、ボクの耳をかじる癖があったから取れかけちゃった。未来ちゃんが初めて喋った言葉はね、『くまっち』なんだよ。ホントだよ。ボクは未来ちゃんのこと大好きだった。未来ちゃんは大きくなっても、ボクを専用の椅子に座らせて、ボクと一緒にテレビを見たり、話しかけてくれたりしたよ」

「そうだったんですね……」

未来とくまっちは、一緒に育った大切な存在なのだ。

くまっちは淡々と語っているけれど、未来との日々は輝かしいものだったと、優しい語り口から窺《うかが》えた。

けれど、なぜふたりは離ればなれになってしまったのだろう。そしてなぜ、くまっちは未来のもとに帰ろうとしないのだろうか。

串を置いた圭史郎さんが、ふいにくまっちに問いかけた。

「くまっちはどうして佐藤の家に帰らないんだ？　おまえは、ここにいてもつまらなそうだよな。人間に見える体を手に入れたんだから、さっさと大好きな佐藤に会いに行ったらどうなんだ」

「……簡単に言ってくれるよね。そういうわけにはいかないんだよ」

「なぜ。佐藤はおまえのことを探してたぞ」

　くまっちは動揺し、立ち上がった。手にした串が激しく揺れる。皿に串を置き、細い息を吐いて座り直した。

「未来ちゃん……ボクのこと探してくれてるんだ……」

「そうですよ。未来にとっても、くまっちは大切な存在のはずです。家に帰るかどうかはともかく、くまっちが花湯屋にいることだけでも伝えてあげたらいいんじゃないですか？」

　そうしたら、未来は安心するだろう。

　けれど、くまっちは力なく首を横に振った。

「だめだよ……。未来ちゃんがボクに会ったら、連れ帰ろうとするかもしれない。ボクはもう、未来ちゃんとは暮らせないんだ。ママは未来ちゃんに言ってたもの。大人になってもぬいぐるみを抱っこしてたら、未来ちゃんがお嫁に行って、恥ずかしい思いをするって。ぬいぐるみに執着し続けるなんて幼なすぎるって。……そのことで、ママと未来ちゃんは喧嘩してた。ボクがいたら、未来ちゃんの邪魔になる。ボクは未来ちゃんに幸せになってほしい。だからこっそりママに捨てられたときも、べつに哀しくなかったよ」

しんと、あやかし食堂が静まり返る。

子どもの玩具として与えられたぬいぐるみは、その子が成長すれば役目を終えてしまう。

ぬいぐるみに魂が宿っていることも知らずに、捨てられることもあるのだ。

くまっちの憐れな運命と、未来を想う心に、私は胸が引き絞られるようだった。

けれど、未来は母親とうまくいってないようなことを語っていた。その原因のひとつに、無断でくまっちを捨てられたことがあるのだろう。未来にとって、くまっちは今も必要な存在なのではないだろうか。

くまっちは気怠《けだる》そうに語り続けた。そんなところも、未来に似ていた。きっと、くまっちにとって未来が世界のすべてだったのだ。

「だけどさ、ゴミ袋に入れられて運ばれて焼かれて、気がついたとき、ボクは焼却施設の外に立ってたんだよね。見上げたら、空ってすごく青くて大きいんだ。それを知ったとき、ボクは絶望したなぁ」

「え……どうしてですか？」

新鮮な発見をしたら、感動するのではないだろうか。今まで未来の部屋にばかりいたくまっちは、外の世界をほとんど見たことがなかったのだから。

言い間違いではないかと思ったが、そうではなかった。

「死ねなかったことを、知ったからかな」

悲愴な言葉を聞いて、私は目を見開いた。

圭史郎さんは眉根を寄せて、くまっちの告白を聞いていた。子鬼たちとコロさんも、じっと耳を傾けている。

みんなが食べ終えた空の串が、物哀しく映る。

哀しい空気を薙《な》ぐように、くまっちは「あはは」と笑い出した。

「おかしいよね。ボクはただのぬいぐるみで、もとから命はないのに、死ねなかったことにガッカリするなんてね」

身をのり出したコロさんは、懸命な様子でくまっちに話す。

「くまっちさんには、命があるよ。今だって、僕たちとぬた団子をおいしいって言いながら食べて、こうしてお話ししてるじゃない」

「わかってないね……。命と魂は別物なんだよ。ボクには魂があるから今も知識を持って言葉を喋ることができるけど、命はないんだ。生きてないんだよ。きみたちはいいよね……。親から生まれて、男とか女とか性別があって、自分の居場所がちゃんとあって、代わりのいない唯一無二の存在なんだから……」

くまっちはおかしいと言うけれど、それはきっと彼の強がりだ。

くまっちは、哀しいのだ。捨てられて、でもそれは物として仕方のないことだと彼自身が諦めている。命のない己の存在、その運命が哀しい。

未来との楽しい思い出もあるはずなのに、くまっちは命のない物の悲哀に辿《たど》り着いてしまったんだ。

くまっちは、未来のもとに帰りたいのではないだろうか。

未来も、くまっちを探しているのだから。ふたりが再会することが、お互いのために最良だと思える。

「くまっち……未来に会ってあげてください。本当は会いたいんですよね？」

「そうだよ！　僕もサトシに会いたくて、ずっと捜してたもの。大事な友達に会いたい気持ち、よくわかるよ」

コロさんも私の意見に賛同してくれる。

けれど、くまっちは迷わなかった。

私たちが説得すると、彼は重い溜息を吐いた。

「あのねえ……そう言えるのは、きみたちが生き物だからだよ。たとえばさ、使い古した茶碗を捨てて、新しいのを買ったとするじゃない？　そのあとで、もし捨てた茶碗が『会いたかった～！』なんて言って戻ってきたら、きみたちどう思う？　困るでしょ？　茶碗だもの、物だもの。いくらでも代わりの利く無機物は、使い終えればなんの価値もないんだ。ボクはね、身の程を知ってるんだよ」

くまっちの言い分を聞いたコロさんは首を捻《ひね》った。

「でも、くまっちは未来さんに会いたいんだよね？」

「……きみたちには、ちょっと難しい話だったかな」

俯《うつむ》いているくまっちを囲んだ子鬼たちは問いかけた。

「くまっちのカナエの力を使えば、生き物になれるよね？」

「それだ！　くまっちが小熊になればいいんじゃないか？」

「あのねえ……きみたちをうらやましいと思う気持ちはあるけど、生き物になれば済む話じゃないんだよね。確かに焼却施設でカナエがくっついてるのに気づいたとき、ボクはその力の偉大さを体で感じたよ。でもね、ボクから言わせてもらえば、願い事を叶えたところで人生は変わらないんだよ。根本的なアイデンティティの問題の前では、カナエの力なんて無力なわけ」

自分の在り方が変わらなければ、結局未来と一緒にはいられない……と、くまっちは言いたいのかもしれない。

カナエの意のままに命を吸収することは、取り憑かれたくまっちの慧眼《けいがん》により避けられているけれど、それは願い事を叶えることの皮肉さを浮き彫りにした。

子鬼たちは腕組みをして、「うーん」と考え込んでいる。コロさんも傍に来て、くまっちに顔を寄せていた。三人は「どうすればいいのかな」と、くまっちの今後を案じている。

「きみたち、どうしてそんなに考えてるの？　ボクは無機物なんだから、結論は決まってるでしょ。真剣に考えることじゃないと思うけど」

「だって、くまっちは仲間だからね」

茜の言葉に、くまっちはぱちぱちと瞬《まばた》きをして不思議そうに首を傾けた。

「……仲間？」

「そうだぞ。オレたちみんな、あやかしだから、仲間だぞ」

蒼龍に続いて、コロさんも尻尾を振りながら答えた。

「僕も、くまっちさんがどうしたら笑顔になれるのか、いっしょうけんめい考えるね」

「……お気楽だね。でも……仲間か。そういう響きも悪くないね。ありがとう……」

寂しそうに礼を述べたくまっちと、彼を励ます子鬼たちとコロさん。

私は微笑ましくも切ない想いで彼らを見やりながら、とある決意を固めた。

くまっちは、未来に会えないとは言ったけれど、会いたくないとは言ってない。

きっと、会いたいはずだ。


「佐藤に、くまっちのことを伝えるんだな？」

圭史郎さんに聞かれ、私は制服のスカートを揺らして振り向いた。

授業の終了を告げる鐘の音が、教室に残響する。本日の授業をすべて終えたクラスメイトたちは、一斉に帰り支度を始めていた。

離れた席にいる未来も、鞄に教科書を詰めている。

昨日、くまっちの告白を聞いた私は、放課後の訪れを待ち侘びていたのだ。

未来にすべてを告げるために。

ただし、そのことはまだ誰にも相談していない。

「くまっちは、きっと未来に会いたいはずです。でも彼女の邪魔になると思って、言い出せないんじゃないでしょうか」

「あいつは知恵がついてるせいか余計なことばかり考えてるからな。周りが答えを出したほうがいいと、俺も思う。みずほさんが破産しないためにもな」

圭史郎さんの意見に深く頷《うなず》く。

自分はぬいぐるみとしての役目を終えたと、くまっちは思っている。無機物の自分は茶碗のようにいくらでも代わりの利く、ただの物だと。

くまっちのたとえ話はもっともだけれど、捨てた茶碗が会いに来てもいいと私は思う。

茶碗と相談して、今後も使うなり、傍に飾っておくなりすればよいのではないだろうか。

それなのに、くまっちは持主が迷惑がると決めつけているのだ。

きっと、くまっちは怖いのではないか。

未来に、『いらない』と決定的なひとことを言われるのが。

だから、私から未来の気持ちを聞いてみよう。

私はゆっくりと未来の席に近づいた。鞄を持って立ち上がった彼女の背に声をかける。

「あの……未来。ちょっと、話したいことがあるんですけど」

「ん……？　なに、優香」

未来は気怠《けだる》げに振り向き瞬《まばた》きをした。

私は意を決して、まっすぐに未来と向き合う。

「実は、くまっちが、花湯屋に来ています」

一瞬呆けた未来の顔に、じわりと驚きが広がっていく。

「え……そうなの⁉　……というか、どうしてわたしのなくしたぬいぐるみの名前が、くまっちだって知ってるの？」

「本人から聞きました。未来が小さい頃に初めて発した単語も『くまっち』だと。左腕を持っていたので伸びてしまったことだとか、不安なことがあるとぬいぐるみの耳をかじる癖があるとか、未来がぬた団子が好きで、よく食べていたことも」

「どうしてそんなことまで……⁉　家族も忘れてるくらいなのに……。くまっち、本当に喋れるの……⁉　くまっちとお話しできたらな、なんて言ったことあったけど……」

突然こんなことを言っても信じてもらえないかもしれないと思ったけれど、未来は幾度も頷《うなず》いていた。

「くまっちは、あやかしになったんです。お願いです。くまっちに会ってあげてください。くまっちは事情があって未来に会えないと話してますが、本当は会いたいと思うんです」

「あやかしって……？　でも、なんだっていい。もちろん会うよ。わたし、ずっとくまっちを探してたんだもの。今から花湯屋に行ってもいいかな？」

未来は嬉しそうな表情で、くまっちに会うことを了承してくれた。

よかった。これで、ふたりは再会できる。

私は圭史郎さんと共に、未来を花湯屋へ案内した。

臙脂《えんじ》の暖簾《のれん》をくぐると、未来は小さな声で誰もいない廊下に挨拶した。

「お邪魔します……。くまっちは、どこにいるの?」

「いつもそこの談話室のソファに座ってます。あ……」

私はカナエについて全く説明していないことを思い出した。

けれど、あやかしの存在を知らない未来にあれこれと語るより、まずはくまっちに会ってもらうことが先だろう。未来は、くまっちが喋れることに驚いていたけれど、拒絶することはなかった。

談話室の扉を示すと、未来は飛びつくように手をかけた。

そうっと、扉を開ける。

中を覗《のぞ》くと、くまっちはいつものようにソファに寝転んでいた。仰向けになり、所在なさげに足をぶらぶらさせている。

テーブルにはみずほさんが置いていったであろうお菓子の大袋が、封を切られないまま積み上げられていた。

物音に気づいたくまっちは足を動かしながら、気怠《けだる》そうに言う。

「みずほ？　あのさ、お菓子なんだけどさ、こういうのはもういいから。実はボク、みずほの願い事は叶えられないって言いたかったんだけど……あ、あれ？」

私たち三人の存在に気づいたくまっちは顔を上げた。

未来は目を見開き談話室に入った。ソファの上のくまっちを瞬《まばた》きもせず、凝視している。

未来と目が合ったくまっちは、慌ててソファから飛び起きた。

「み、未来ちゃんっ⁉　どうしてここに……あっ、優香、未来ちゃんに言ったんだね！　ボクは未来ちゃんに会えないって言ったのに！」

おろおろしながら、くまっちはソファの上を歩き回る。そんなくまっちを見つめていた未来は震える声を出した。

「くまっち……本当に、わたしのくまっちなの……？」

ぴたりと足を止めたくまっちは、おそるおそる未来を見上げた。

「未来ちゃん……ボク、あの、その……この体は、優香に作ってもらったんだ。未来ちゃんが抱っこしてくれた体……燃えちゃった……もうない……」

くまっちは、もとの体でないことを恥じているようだった。気まずげに俯《うつむ》いて、もこもこの両手を擦り合わせている。

似せて作ってはいるけれど、未来と一緒に暮らしていたときのくまっちの体は焼却されてしまったので、未来の知るくまっちとは別物なのだ。

私は隣のソファに置かれていた、くまっちの本体を抱き上げる。赤い宝石のついたカナエの体は、もとのくまっちと同じはずだ。

「こっちが、くまっちの本体なんです。カナエという、上級あやかしの宝石がついてるんですよ」

けれど、未来は私が抱っこしている本体の辺りに目を向けて、首を傾げた。

「本体？　透明なのかな？」

「あ……」

そういえば、未来にはあやかしの姿が見えないのだった。

ということは、宝石の妖しい輝きも見えない。

背後にいた圭史郎さんが補足してくれた。

「佐藤には見えないだけだ。あやかしの本体から魂を移して、器をかえたんだ」

「そうなんだ。わたしにはあやかしのことはわからないけど……」

未来は、視線をゆっくりとソファの上のくまっちに戻した。くまっちは不安げに、手足をもじもじさせている。

「くまっち。抱っこしてもいい？」

くまっちは体を震わせながら、微笑んで両手を差し出す未来を見上げた。

彼の瞳に、じわりと涙が滲《にじ》む。そして、小さな声で呟いた。

「抱っこして……。未来ちゃんに、抱っこしてほしい」

未来はくまっちを抱き上げ、ぎゅっと抱きしめた。くまっちは小さな体を、未来に委《ゆだ》ねる。

「あなたは、わたしのくまっちだよ。わたしには、わかるよ」

未来は大切そうに、くまっちを抱いた。もこもこの頭を、優しく撫《な》でながら。

「ボク、本当は未来ちゃんに、すごく会いたかった……」

「わたしもだよ。ずっと探してたよ。ママが、くまっちを捨てたんだよね？」

「あ……それは……ちがうよ。ボクから、いなくなったんだよ。ママは悪くないよ」

「嘘。ママの態度を見てればわかるよ。わたしが学校に行かなくなったら急に慌てて、新しい服を買ってきたりして。でも絶対、くまっちを捨てたこと認めないんだよ」

大きくなっても、ぬいぐるみに愛情を注いでいる未来の将来を心配した母親が、くまっちをこっそり捨てた。

けれどくまっちは肯定しなかった。激しく首を左右に振る。

「ちがうよ、ちがうよ。ボクが悪かったんだよ。お願い、未来ちゃん。ママと喧嘩しないで。ママは未来ちゃんのことが大好きなんだよ。ボクも未来ちゃんを大好きだから、ママの気持ちがよくわかるんだよ」

「くまっち……」

くまっちは自分が悪いと言って、必死に未来の母親を庇う。私の胸の奥で哀しみが込み上げる。

くまっちは心から、未来の幸せを願っているんだ。そのために、自分を犠牲にしようとしている。

ぎゅっとくまっちを抱きしめた未来は、唇を歪めながらも頷《うなず》いた。

「わかった。くまっちがそう言うなら、ママを問い詰めるのはもうやめにするね」

「うん。ありがとう、未来ちゃん」

「それじゃあ、わたしと一緒に、家に帰ろう」

「……えっ？」

未来の胸に抱きついていたくまっちは、動揺した声を出して顔を上げた。

「それはだめだよ。ボクはもう、未来ちゃんと一緒にいられないよ」

「どうして？　ママの言ったこと、気にしてるの？」

「うん……だってさ、ボクはぬいぐるみだから、未来ちゃんが小さいときだけの友達なんだよ。未来ちゃんが大きくなっても変わらずにボクを抱っこしたり、お話ししてくれるの、すごく嬉しいよ。でも……ママの言うとおり、未来ちゃんが結婚してもボクがいたら、きっと困っちゃうよ。大人なのにぬいぐるみを抱っこしてるなんて変わった人に思われちゃうかもしれない」

「そんなの、ずっと先の話じゃない！　大体、結婚するかどうかもわからないんだよ？もしもの話よりも今大事なのは、くまっちに帰ってきてもらうことだよ。わたしにはくまっちが必要だよ。ママにはわたしから話すから、大丈夫だよ」

　確かに未来の言うとおり、結婚して環境が変わったときにくまっちの存在が邪魔になるという憂いは、仮定の話である。実際にはどうなるかわからないのだ。

けれど、くまっちは寂しげに俯《うつむ》いた。

「未来ちゃんの気持ち、すごく嬉しい……。でもボクはね、未来ちゃんに幸せになってほしいんだ。……そうだ、未来ちゃんの願い事、なんでもひとつだけ叶えてあげるよ」

「願い事？」

「ボクはカナエっていう、すごい宝石を持ってるんだ。未来ちゃんをお姫様にだってしてあげられるよ。そうだ！　王子様と結婚したいなぁって、未来ちゃん言ってたことあったじゃない。ボクが叶えてあげるから、お願いしてみてよ」

私は息を呑《の》んだ。

くまっちは、願いを口にした者の命をカナエの宝石が吸い取ることを知らないのだ。そういえば圭史郎さんが詳細を話そうとしたとき、くまっちは面倒臭がり、それを聞いていない。未来に無邪気に願い事を叶えてあげると言えるのは、宝石の真意を知らないからだ。

「待ってください！　願い事を口にすると……」

私が止める前に、未来は「あはは」と笑いながら、くまっちと目を合わせた。

「くまっち、願い事っていうのはね、誰かに叶えてもらうものじゃないんだよ。未来《みらい》は自分の努力で作っていくものだから」

くまっちは呆然として未来を見上げた。

「そんな……ボクは、未来ちゃんの役に立ちたい。なんでも叶えられるんだよ。ボク、未来ちゃんの傍にいられないけど、せめて未来ちゃんのお願いを叶えてあげたい」

「じゃあね、くまっちが、幸せになること。これがわたしの、ひとつだけの願い事だよ」

「えっ……ボクが、幸せになること？　ボクのことなの？」

「そうだよ。わたしの大好きなくまっちに幸せになってほしいもの。くまっちは、どんなことが幸せなの？　わたしに教えて？」

「ボクは……ボクは……」

　くまっちは、ぶるぶると体を震わせる。それと同時に、私が抱きかかえている本体の宝石から、眩《まばゆ》い光が溢れた。

「え……これは……!?」

「優香、手を離せ」

「待ってください、圭史郎さん！」

　不吉な閃光は次第に広がっていく。

　願いは叶えられようとしているのか。

　私から本体のぬいぐるみを取り上げた圭史郎さんに追い縋《すが》っていると、未来の抱えたくまっちも赤く光り出した。

「ボクの……幸せ……。未来ちゃんと、ずっと、一緒にいる……こと……」

　閃光が弾けた。

　室内が、真紅に変わる。

どくりと、拍動のような衝撃があった。

おそるおそる目を開けると、部屋には静寂が満ちていた。

きらきらと、赤い欠片《かけら》のようなものが音もなく降っている。それは床に落ちると、溶けて消えた。

圭史郎さんと未来は己の掌《てのひら》を見下ろして、呆然としていた。

くまっちの本体はどこにもなかった。圭史郎さんの手の中は空だ。私も持っていない。

たった今、部屋に散った赤い欠片《かけら》は、まさか。

「え……くまっちの本体は、どこにいってしまったんですか？」

「……砕け散った。宝石ごと」

未来に目を向けると、彼女には変わったところはない。願い事を口にしたけれど、命は取られなかったようだ。

未来は手の中に小さなものを見下ろしていた。

「それは……」

覗《のぞ》き込むと、小さくなったくまっちがいた。

少々大きなキーホルダーくらいのサイズに、丸ごと縮小されている。

「ぶるぶる震えてると思ったら、突然光って、小さくなっちゃったんだよ……。これも、さっき圭史郎君が言ってた『器をかえる』っていうことなのかな？」

圭史郎さんは小さくなったくまっちを見下ろして、「ああ」と呟いた。

「そうだな。くまっちは、ずっと佐藤と一緒にいたいという願いを叶えたんだ。それは器をかえれば可能というわけだ。キーホルダーサイズなら、お守り代わりにいつまでも持っていても問題ないだろう」

私と未来の顔に笑みが広がる。

くまっちは未来から願い事を預かり、それを変身することで叶えたのだ。

小さくなったくまっちは、ずっと未来と一緒にいられる。このくらいの大きさなら、母親も納得してくれるだろう。くまっちの幸せを願った未来が命を取られることもなかった。

こんな叶え方があるなんてと、私は心から喜んだ。

「よかったですね、くまっち！　これで未来と家に帰れます。この方法を、ずっと考えてたんですか？」

私たちは、未来の掌《てのひら》にのせられた小さなクマのぬいぐるみに注目する。

くまっちは、何も喋らない。

手足も、ぴくりとも動かない。

首を傾げた未来は、人差し指でそっとくまっちのおなかを撫《な》でた。

「くまっち……？　どうしたの？」

ただの、ぬいぐるみだ。

つい先程まで感情を露わにしていたくまっちの面影はもう、そこにはなかった。

命が宿っていないと、無機質な布の塊は明確に物語っていた。

「ねえ、くまっち。疲れちゃったのかな？」

未来は、問いかけ続けている。

――カナエが願い事を叶えたとき、その願いを果たした者は命を取られる。

くまっちの本体は、宝石ごと弾けてしまった。

願いを果たした者、それは、くまっち自身だった。

私は平静を装いながら、圭史郎さんを見た。

圭史郎さんは鋭い眼差しを私に向ける。それから、未来に話しかけた。

「佐藤。くまっちはあやかしの力を使い果たしたから、しばらくは口が利けない状態だ。もとのぬいぐるみに戻ったと思ってくれ」

「そっか……。でも、くまっちといろいろ話せてよかった。今まではずっと、わたしの独り言だったから……くまっちはずっと聞いていてくれたんだね。これからも話し続けていたら、またいつか喋れるようになるんだよね？」

微笑みながら訊ねる未来に、圭史郎さんは頷《うなず》いた。

「ああ。いつかな」

「そっか。じゃあ、くまっちを連れて帰るね。ありがとう、優香、圭史郎君」

「……どういたしまして」

未来はくまっちのとても小さな手を取り、「バイバイ」と左右に振った。

くまっちは最後まで、物言わず、動かなかった。プラスチックの瞳は、どこか遠くを見ていた。


去って行く未来の背を、花湯屋の玄関前から見送る。

未来に手を振りながら、私はようやくぽつりと呟いた。

「……圭史郎さん。くまっちは、死んでしまったんでしょうか……？」

宝石ごと本体が弾け飛んだということは、あやかしとしてのくまっちはカナエを道連れにして消滅したことになる。

未来と一緒にいたいという、自らの願いを叶えて。

否、死んではいない。

くまっちが言っていたように、彼の命は初めからないのだから。

では、魂は……？

あの小さな体に、移魂《いこん》はできたのだろうか？

それとも願い事を叶えた代償として、カナエに魂を奪われたのだろうか？

圭史郎さんは夕闇の迫る銀山温泉街を眺めながら、双眸《そうぼう》を細めた。

「依代《よりしろ》の願いが叶い、その代償としてカナエごと破壊された。……くまっちの願いは望みどおり叶ったわけだが……」

「彼の魂は残っていますよね……？」

くまっちは、子どもの頃の未来をはっきりと記憶していた。つまり、あやかしになる前から、ぬいぐるみの魂は存在していたことになる。

日が暮れた温泉街のガス灯に、ぽっと明かりが点る。

漆黒の双眸《そうぼう》に明かりを映した圭史郎さんは嘆息を漏らした。

「あいつは、自分で運命を選んだ。幸せになるという内容には、命ある者に生まれ変わるという選択肢も含まれていた。だが、くまっちにとっては、物言わぬぬいぐるみとして佐藤の傍にいることこそ幸せなんだ。魂が残っているかは定かじゃないが、この結末でよかったと俺は思う。少なくとも、くまっちはあやかしのカナエからは解き放たれた。

もう依代《よりしろ》として利用されることはない」

くまっちが、自ら選んだ運命。

願いさえすれば、猫や人間に変わることも可能だったはずなのに。

命を得るよりもっと大事なのは、大好きな人に末永く寄り添うことだった。

きっと未来が将来結婚しても、年老いても、やはり傍にはくまっちがいるのだろう。

それが、くまっちの望んだ幸せならば、私も納得しなければならない。

くまっちの小さな体の中に、彼の魂が眠っていることを願いながら。

もし今、私がひとつだけ願い事をするのなら、それは、くまっちがまた喋ってくれることだった。

あの、小憎らしい口調で。

「きっと、魂は残っていると私は信じます。そしてまた、花湯屋を訪れてくれますよ。あやかしとしてでなくても、いつでも私はくまっちを歓迎します」

「まあ、命がなくても物にはもとから魂が宿ってるからな。これからは物を捨てたら、舞い戻ってくると肝に銘じることにしよう」

暮れなずむ銀山温泉街を見守っていたコロさんは、私の隣に寄り添いながら微笑んだ。

「くまっちさんは幸せだね。これからは好きな人と、ずっと一緒にいられるんだね」

コロさんが語ると、その言葉は重みを増した。

そのとき、臙脂《えんじ》の暖簾《のれん》をくぐったみずほさんが駆け足で玄関前へやってきた。

「ちょっと、優香ちゃん、圭史郎さん！　くまっちがどこにもいないのよ。どこに行ったの？」

「あ……」

何も知らないみずほさんは眉根を寄せて、交互に私と圭史郎さんの顔を見た。もうくまっちは談話室にいない。テーブルにはお菓子の袋が積まれたままだ。

「忘れてたよ。遅かったな、みずほさん」

「なによ。どういうこと？」

みずほさんには知らせなくてはならない。破産しなくて済みましたよと言うわけにもいかず、私は苦笑しながら言葉を選んだ。

「あの……みずほさん。くまっちは、家に帰りました。私のクラスメイトが持主だったので、彼女が引き取りに来たんです」

「えっ。そうなの？　じゃあ、あたしの願い事はどうなるの？」

「ええとですね……」

口籠もる私の隣で、圭史郎さんは堂々と言い放つ。

「カナエの願い事は、もう叶えた。だからみずほさんは手遅れだ」

「ええーっ⁉　叶えちゃったの⁉　なによ、どんな願い事だったのよ！」

圭史郎さんと目を合わせた私は頷《うなず》き、驚愕《きょうがく》しているみずほさんにやんわりと告げる。

「ずっと、ふたりは一緒に暮らすという願いです。大好きな人の傍にいることが、一番の幸せですよね」

「……なによそれ。一緒にいたいなら、勝手にすればいいじゃないのよ。なんでそんなことに使っちゃったの⁉」

「ええ、まあ……」

くまっちに散々貢いだのに、願い事も叶えられず、別れの挨拶すらなかった。みずほさんの怒りはもっともである。

圭史郎さんは、からりと笑った。

「みずほさんの願いが叶わなくて、よかったじゃないか。命を取られずに済んだだろ」

「……だからそれを回避するために、願い事を三つに増やすことにしたんじゃないのよ」

「あれは無理があったな。願い事を叶えてやるという魔物の誘惑に勝つには、自分の欲を満たすためでなく、誰かのための願い事をするべきというわけだ」

みずほさんの柳眉《りゅうび》がぴくぴくと引き攣《つ》っている。

納得できないらしいみずほさんに、私は彼女への願い事を口にした。

「みずほさんが女優になったり、王子様と結婚したりしたら、花湯屋を出ていきますよね？　そんなの寂しいです。みずほさんには、いつまでも花湯屋の仲居さんとして、私たちの傍にいてほしいです」

「それもそうだな。花湯屋の古参仲居みずほは、世界でただひとり、みずほさんにしか務まらないんだからな」

私と圭史郎さんの笑みに釣られるように、みずほさんは苦笑を浮かべる。

「そんなに頼られたら、しょうがないわね。それにさ、心のどこかでわかってたのよね。願い事で急に違う自分になっても、受け入れられないかなって。くまっちが構ってほしそうだったから、ちやほやしてあげたのよ」

「そのわりには目が真剣だったな」

圭史郎さんの余計なひとことにより、またしても怒り出してしまったみずほさんを笑いながら宥《なだ》める。

そんな私たちを眺めていたコロさんは、嬉しそうに告げた。

「僕は幸せだよ。みんながいてくれて、僕の傍で楽しくお話ししてくれているんだもの」

花湯屋の玄関先には賑やかな笑い声が零《こぼ》れる。

幸せとは、そんな日常の小さなことなのだと知ることができた。

見上げた藍の空には、きらきらと大粒の星が輝いていた。

第三章　うそつき蒼吉《そうきち》

一面の曇天《どんてん》から、はらはらと白い欠片《かけら》が舞い降りてきた。

純白の宝石のようなそれは、冬の到来の証。

「あ……雪……！」

花湯屋の窓から空を見上げた私は思わず、華やいだ声を上げる。

まだ十一月だけれど、銀山温泉街から見える山々はすでに雪化粧をしていた。

東京に住んでいた頃は、山に雪が積もる景色なんて見たことがなかったから、未だに珍しくてはしゃいでしまう。

「圭史郎さーん！」

雪が降ってきたことを圭史郎さんに報告しようと、大喜びで談話室に向かう。

けれど、昼寝に勤《いそ》しんでいるはずの圭史郎さんの姿が見えない。

「どこに行ったのかな……？」

厨房を覗《のぞ》いてみたけれど、そこにもいない。もしかして買い出しだろうか。出かけるときは必ず、ひとこと告げてくれるはずなのだけれど。

首を傾げながら臙脂《えんじ》の暖簾《のれん》をくぐろうとしたとき、機械音が外から響いてきた。

私は裏口から出ると、花湯屋の駐車場へ向かう。

圭史郎さんは愛用している軽トラックのタイヤを外していた。車体はジャッキで上げられている。

「圭史郎さん！　雪が降ってきましたよ！」

「そりゃよかったな。見ればわかるよ」

喜ぶ私と違って、圭史郎さんの反応はとてつもなく薄い。彼は別のタイヤに替え、スパナでネジを締めている。

「もうちょっと喜んでくださいよ。雪景色になれば、温泉街はもっと賑やかになりますよね」

山形の銀山温泉は雪景色が有名だ。

大正ロマン溢れる黒鳶《くろとび》色の旅館に、しんしんと降り積もる純白の雪。ガス灯の明かりに照らされてその光景が浮かぶさまは幻想的で、まるでお伽話《とぎばなし》の世界のよう。

山形に初めてやってきたときに見たあの景色がまた見られるのだと思うと、胸が弾む。美しい光景を眺めようと、あやかしのお客様もたくさんいらっしゃるかもしれない。

「そうだな。冬は雪かきの仕事で昼寝の時間が減る」

圭史郎さんの夢のないひとことで撃沈する。私は、かくりと肩を落とした。

ずっと北国に住んでいる人には、雪が降っても珍しくないのだろう。

「まあ、この気温じゃ本格的に積もるのはまだ先だけどな。今のところは冬支度の最中だ」

「タイヤを取り替えるのが冬支度なんですか？」

「タイヤ交換は雪国の必須行事だよ。夏タイヤじゃ雪道を走れないからな」

「そうなんですね。全然知りませんでした。何かお手伝いすることはありますか？」

雪国の冬はストーブなどの暖房器具だけでなく、いろいろと準備が必要らしい。

器用にスパナを操りながら、圭史郎さんはちらりとこちらに目を向けた。

「ここは特にない。表でコロが、雪だ雪だと騒いでたぞ。犬と子どもは雪が好きだからな。コロに付き合ってやれよ」

「……そうします」

子ども扱いされてしまった。

どうやら作業の邪魔になるらしいので、私は腰を上げる。

花湯屋の玄関先へ回ると、コロさんが雪の舞い散る中を飛び跳ねていた。

「わぁい、雪だ雪だ！　若女将《わかおかみ》さん、見て！　雪が降ってきたよ！」

尻尾をぱたぱたと振っているコロさんはとても楽しそうだ。ジャンプしながら口を開けて、雪を食べようとしている。無邪気なコロさんの様子は微笑ましい。

「たくさん積もるといいですね。そうしたらみんなで雪合戦したり、雪だるまを作ったりできますよ」

「うん！　楽しみだなぁ。そうだ、子鬼さんたちにも教えてあげよう。まだ雪が降ったことに気づいてないのかも」

「そうですね。ふたりも呼んできましょう。私が行ってきますね」

子鬼の茜と蒼龍はキャビネットの裏にいるだろう。雪が降ってきたことを知れば、コロさんと一緒になって大喜びするかもしれない。

私は臙脂《えんじ》の暖簾《のれん》をくぐり、談話室へ向かった。

「茜、蒼龍。外を見てください。すごいですよ」

キャビネットの裏を覗《のぞ》いて声をかけるけれど、返事はない。誰の気配もなく、談話室は静まり返っていた。

「あれ……？」

子鬼のふたりは浴場か食堂以外は、大抵キャビネットの裏に潜んでいる。花湯屋から外出するのは秘密の銀鉱へ行くときくらいだ。そういえばふたりが外で遊んでいる姿は見たことがない。きっと屋内にいるだろう。

辺りを見回したとき、神棚のある隣の部屋から小さな声が聞こえてきた。

「……蒼龍、治った？」

「うーん……」

茜と蒼龍の声だ。私はそっと近寄る。

お代の銀粒を入れるひょうたんがある神棚の反対側に出窓があり、そこにふたりは佇《たたず》んでいた。窓に映る雪景色には目もくれず、ふたりは蒼龍の手許《てもと》を覗《のぞ》き込んでいる。

いつも明るいふたりにしては、何やら深刻な雰囲気だ。

私はふたりを驚かせないよう、そっと声をかけた。

「茜、蒼龍。ここにいたんですね」

「……あ。優香」

どこかぼんやりした様子で顔を上げた蒼龍は、右の掌《てのひら》を茜に見せていたらしい。

とても小さな彼の掌《てのひら》には、引き攣《つ》れたような痕《あと》があった。

「これ……どうしたんですか？　怪我をしたんですか？」

私が問いかけると、茜と蒼龍は顔を見合わせる。

「どうする、蒼龍？　優香に言っちゃう？」

「……オレは、優香に話しておきたい。茜はいいか？」

蒼龍は茜の言ったことを復唱することが多いけれど、珍しく自分の言葉で言った。茜は窺《うかが》うように私を見上げ、視線を伏せて小さく頷《うなず》く。

「……いいよ。あたしは、あんまり覚えてないから、蒼龍が優香に言って……」

蒼龍の小さな傷跡を見るふたりの様子が深刻なので、私は俄《にわか》に緊張した。

蒼龍は笑みを浮かべ、あえて明るく告げる。

「これは、火傷《やけど》の痕《あと》なんだ。オレたちが花湯屋に来ることになった、きっかけだね」

「そうだったんですね……。そういえば、ふたりが花湯屋を訪れたときのことは聞いたことがありませんでしたね」

私が若女将《わかおかみ》に就任したときにはすでに、子鬼たちは花湯屋に住み着いていた。ふたりがいつどうして花湯屋を訪れたのかという話は、聞いていない。

「あれは、すごく昔のことなんだ。あのときも、雪が降ってた……」

舞い落ちる窓の外の雪を金色の瞳に映しながら、ぽつりぽつりと蒼龍は話し始めた。

◆◇◆◇◆

オレと茜は、双子だった。

どちらが姉か兄かというのはない。オレたちは同時に生まれてきた。

ふたりの頭が一緒に出てきたから、おっかあは大変な難産の末に双子のオレたちを産んだらしい。

おとうとおっかあは農民で、村の外れにある藁葺《わらぶ》き屋根の家に家族四人で暮らしていた。

夏は田畑を耕し、冬は縄をない、編み上げたわらじを売る。どこにでもいる村の農民だった。

曇天から、音もなく雪が舞い降りる。それは山奥の村が、雪に閉ざされる季節の兆《きざ》しだ。

その日、六歳になったばかりのオレは村の悪童たちと遊んでいた。

ふいに、悪童のひとりである太郎《たろう》が、言った。

「なあ。蒼吉《そうきち》と茜は、なんでほかに兄弟がいないんだ？」

それが日々の営みの歯車が狂う始まりだったのかもしれない。

けれどその質問は常々される鬱陶《うっとう》しいものだったので、オレはうんざりしていつものように答えた。

「知らないね」

村長の息子である太郎は、五人兄弟の長男だった。村の農民は子だくさんなので、兄弟姉妹が十人くらいいるのは当たり前だ。

それに対して、オレと茜はふたりきり。しかも男女の双子で、どちらが兄や姉という区別がない。

村人には、それはとても異質なものに見えたのだろう。時折、奇妙なものを見るような目を向けられることは感じていた。

なぜか得意気に、太郎は言い放つ。

「おれのかあちゃんが言ってたぞ。蒼吉と茜は、鬼の子じゃないかってな」

「鬼の子？　うちのおとうとおっかあは、ふつうの人間だぞ」

「ちがうって。子どもができないから、鬼の子をもらって育ててるんだってことだよ」

そんなわけがない。もしオレと茜が鬼の子なら、もっと特別な力があってもいいはずだ。

お伽話《とぎばなし》に出てくる悪辣《あくらつ》な鬼は棍棒を振り回し、御殿に住んで贅沢な酒や肴《さかな》を食らっている。

オレだって、そんな暮らしがしてみたいよ……

どうして何もない雪深い村で、農家の手伝いばかりしなくちゃならないのか。

いっそ本当に、鬼の子だったらいいのにな。

そう思ったオレは軽口を叩いた。

「そうだよ。実はオレと茜は、鬼の子なんだ」

追いかけっこをして騒いでいた悪童たちが、ふとこちらを見た。太郎は自分が言いだしたくせに、なぜか不満そうに唇を尖《とが》らせる。

「本当に鬼だって言うんなら、空を飛んで見せろよ」

「鬼は自分じゃ飛べないんだ。でも龍を呼んで空を飛べるぞ」

「嘘つけ！」

「嘘じゃない」

口からでまかせなのだが、太郎は半信半疑なようだ。真剣な顔をしてオレを問い詰める太郎の様子が可笑《おか》しくて、オレは自信たっぷりに嘘をついた。

「じゃあ、今すぐに龍を呼んでみろ！」

「雪のときは呼べないんだ。もっと天気がよくないとね」

「だったら、明日だ。龍を呼んで空を飛べなかったら、仲間外れだぞ！」

「いいとも。龍にのって鬼の国に行ってみせるよ」

悪童たちは言い争うオレと太郎を取り囲んでいる。オレが胸を張って約束すると、彼らは期待を込めた目を輝かせた。

一方、少し離れたところにいる女子たちは、訝《いぶか》しげな顔つきで見守っている。その中には茜もいた。

太郎は大声を出して、茜に問いかける。

「おい、茜！　蒼吉の言ってること、嘘だよな！」

唇を引き結んだ茜はしっかりとした足取りでこちらへやってくると、突然オレの腕を引いた。

「行こう、蒼吉」

茜に引き摺られるようにして、悪童たちの輪を抜け出す。

無視された太郎は悪態を吐いていたが、茜は構わずに背を向けて歩き続けた。

「なんだよ。面白いところだったのに」

遊び場を離れたところで、茜はオレの腕を放した。

そして咎《とが》めるような眼差しを向ける。

「どうしてあんな嘘つくの？　嘘つくのは悪いことだよ」

「はあ……」

白けたオレは、白い溜息を吐き出した。

悪いのはオレじゃない。太郎がオレたちのことを鬼の子だと言ったせいなのだ。それなのに味方になってくれるどころか、説教する茜にオレは頬を膨らませた。

「茜こそ、不思議に思ってるんじゃないのか？」

「何を？」

「おとうとおっかあの子どもが、オレたちふたりしかいないことさ。太郎の言うとおり、鬼の子を拾ってきたのかもな」

本当に鬼の子なら、御殿に住んで贅沢な暮らしができる。もう農家の手伝いもしなくていいのだ。

想像を膨らませたオレは胸を弾ませた。

けれど茜はそんなことを全く理解せず、一蹴《いっしゅう》する。

「そんなわけないよ。おっかあは産後の肥立《ひだ》ちが悪くて、子どもが作れないの。あたしたちがふたりいっぺんに生まれてきたって、聞いたでしょ。女の人のお産は大変なんだよ」

「はあ……」

オレたちで難産を経験したおっかあは、以降の出産が難しいらしい。

そんなところだろうとは思ったが、茜の言い分には夢がないなと、オレはまた白い溜息を吐いた。

「つまんないな。じゃあ、鬼の国に行って贅沢するのはオレだけでいいよ」

「そんなことばかり言って。明日、龍を呼ばないと太郎から仲間外れにされちゃうんだよ？　どうするの？」

「うーん……どうしよう」

真剣に悩んでいるわけではなかった。のらりくらり躱《かわ》していれば、太郎だってそのうち忘れるだろう。

むしろ、鬼なら空を飛べるはずという発想はどこからやってきたのかと太郎に聞きたいところだ。

太郎だって、いい加減なことを言っているのだ。

オレは曇天を見上げながら口を開けて、雪の結晶を舌で受け止めた。

その日の晩、茜は昼間のやり取りを、おとうとおっかあにすっかり話してしまった。

「龍にのって、鬼の国で贅沢するなんて言うの。明日、龍を呼べなかったら太郎に仲間外れにされちゃうのに、蒼吉ったら平気な顔してるの」

告げ口するなんて卑怯だぞと、茜に目で訴える。

そういった夢想はくだらないと怒られるから、大人には聞かれたくないのに。

土間で藁《わら》を叩いていたおとうは、案の定、険しい目を向けてきた。

「蒼吉、嘘ばかりついてるんじゃない。友達がいなくなるぞ」

むっとしたオレは唇を尖《とが》らせた。

小さな家は土間と板の間に分けられ、真ん中に囲炉裏《いろり》がある。囲炉裏《いろり》の炭火から零《こぼ》れる明かりが家族の顔を赤々と照らしている。茜はおっかあに寄り添い、わらじを編む手伝いをして、しらんぷりを決め込んでいる。

「おとうは、なんでオレの言うことが嘘だってわかるんだよ。本当かもしれないだろ」

「馬鹿なことばかり言ってないで、縄ないを手伝え。さっきから蒼吉のは全然進んでないじゃないか」

叩いて柔らかくした藁《わら》をまとめてねじり、一本の縄にする。それを編んでわらじを作るのが、長い冬を越す農家の作業だった。

オレはわらじ作りの手伝いなんて嫌いだった。面倒だし、ちっとも楽しくない。

ぽいと、藁《わら》の束を放り出した。

「太郎が初めに言ったんだ。おとうとおっかあには、オレと茜のふたりしか子どもがいないから、鬼の子をもらってきたんじゃないかって」

「そんなわけないだろう！　何をくだらないことを言ってるんだ」

おとうは声を荒らげる。それまで黙っていたおっかあは、わらじを見ながら静かに呟いた。

「……おっかあの体が弱いせいで、ふたりに兄弟がいなくてごめんね」

おとうが藁《わら》を叩く規則的な音が、タン、タン……と室内に響いている。

茜はおっかあの薄汚れた着物の袂《たもと》を引いた。

「おっかあは、あたしたちを産んだから体の具合が悪くなったんでしょ？　あたしたちが一緒に出てきたからだよね？」

微笑を浮かべたおっかあは、ゆるりと首を横に振る。

「違うよ、茜。おっかあはね、もとから体が弱いんだよ。ふたりのせいじゃないんだからね」

おっかあは初めから体が弱かったのだ。茜の言ったことこそ、嘘じゃないか。

だからね、とおっかあは続けた。

「茜と蒼吉は、宝物だよ。ふたりが大人になって子どもをいっぱいこさえるまで、おとうとおっかあは一生懸命働くからね。立派なむがさり（結婚式）しようね」

茜は嬉しそうに頷《うなず》いた。

子どもをたくさん作るだとか、結婚式を挙げるだとか、オレには全く想像ができなかった。

そんなことより、鬼の国に行くほうが楽しいに決まっている。

オレはいい加減に縄をないながら、太郎になんと言い訳しようかと考えあぐねていた。

夜が明けると、外は一面の銀世界だった。

出羽《でわ》の山奥は豪雪地帯なので、一晩で景色が変わってしまうことは珍しくない。快晴の天からは眩《まばゆ》い陽射しが降り注いでいる。ひとまず雪は膝丈ほどなので、さほどの量でもなかった。積もるときは雪で家が埋まってしまうほどだ。

「これくらいなら、おとうとふたりで片付ければ大丈夫だ。茜と蒼吉は遊んできていいよ」

おっかあはそう言うと、おとうと雪かきを始めた。

雪かきを手伝ってくれと言われたなら、それを理由にして遊びにいかなくてもいいのに。

こんなに晴れるなんて……

天気がよければ龍を呼べると豪語《ごうご》した昨日の自分が恨めしい。

オレの心中を見透かしたように、茜は白けた目で見てきた。まるで昨日のオレのように。

「どうするの？　太郎になんて言う？」

「うーん……」

何か別の嘘を考えないといけない。

龍が風邪を引いたとか……人間の子どもが見てる前では呼べないとか……

あれこれと新たな嘘を考えながら、茜と連れ立っていつもの遊び場へ向かった。

オレたちの住む家は山間《やまあい》の集落から離れており、一軒だけ崖の上に建っている。村へ向かうためには、必ず細い山道を下りなければならない。

その道の途中、雪景色にぽつんと黒いものが見えた。

黒いものはどんどん大きくなって、こちらへ向かってくる。

どうやら大人の男らしい。笠と蓑《みの》を身につけている。

男はすぐ傍までやってきて、オレたちに愛想よく話しかけてきた。

「やあ、こんにちは。きみたちは、あそこの家の子かな？」

知らない男だ。村の者ではない。言葉の調子が全く違うので、異なる言語にすら聞こえる。

男の顔は上半分が笠に隠れているため、見えているのは口許《くちもと》だけだ。それも髭《ひげ》で覆われており、人相はよくわからない。もしかしたら若い男なのかもしれないが、髭《ひげ》のせいで年嵩《としかさ》に感じた。

「そうだよ。おじさん、うちに何か用なの？」

知り合いでもない誰かが家を訪ねてくることは、今までなかった。村に用がある者はわざわざここまで山道を登って来ない。

おじさんは、「ふうん……」と曖昧《あいまい》な返事をした。

茜が不信感を滲《にじ》ませた声音で問いかける。

「おじさんは、どこから来たの？　この辺の人じゃないよね」

「おじさんは南のほうから出稼ぎに来たんだ。ほら、ここらに銀鉱山があるだろう。あそこの鉱夫だよ。ところで、きみたちは兄妹かな？　何歳？」

隣の山は延沢銀山という名の、銀の採掘場だ。行ったことはないけれど、多くの鉱夫で賑わっており、温泉もあるという。

おじさんが出稼ぎの鉱夫と知って納得したが、彼の目的はわからない。道に迷ったのなら、帰る道を訊ねればいいのに。

そのときオレの腕を、突然茜が引いた。

「知らない人と話しちゃいけないって、おとうに言われてるから！」

茜の甲高い声が山に響く。彼女に引き摺《ず》られるように、家のほうへ向かう。

おじさんは黙然としたまま、オレたちが去って行く姿を見ていた。

「なんだよ、急に。どうしたんだよ」

茜は小さくなったおじさんの笠をちらりと見ると、小声で囁いた。

「あのおじさんの言ったこと、嘘だよ」

「えっ？　何が？」

茜は真剣な顔をしてオレの目を見つめた。彼女の目の奥に恐怖がのぞいている。

「おじさんの手、見た？」

「手？　見てないけど……手がどうかしたの」

「すごく綺麗だった。鉱夫の手は真っ黒に汚れるから、洗っても落ちないんだよ。あの綺麗な手は鉱夫の手じゃないよ」

それを聞いて視線を巡らすと、おじさんはもうどこにもいなかった。辺りには寒々しい雪景色が広がっているだけ。どうやら帰ったらしい。

「でもさ、なんで鉱夫だって、オレたちに嘘つく必要があるんだ？」

「さあ……わからないけど。なんだか気味が悪いよ」

茜はやたらと不安がった。

おじさんはもうどこかに行ってしまった。手のことは、茜の勘繰りすぎではないかと思う。きっとまだ出稼ぎの日が浅いから、汚れていないだけではないか。

「じゃあ今日は遊ぶのはやめにして、家に帰ろう」

「……うん」

仕方ないといった体で茜と共に帰路につく。オレは内心、ほっとしていた。

知らないおじさんに会い、茜が怖がったからという理由で、遊び場へ行かずに済んだからだ。明日太郎に会ったら、今日こそ龍を呼べと詰め寄ってくるに違いないけれど……

オレは天を見上げた。

先程まで晴れ渡っていた空には、いつのまにか重い雪雲が垂れ込めていた。冬の山の天候は変わりやすい。きっと明日からは、ずっと雪だろう。

そうしたら、晴れないから龍は呼べないという言い訳が使える。

おじさんのおかげだ。

オレは心の中でこっそり、謎のおじさんに感謝した。


家へ戻ると、おとうは荷物をまとめていた。これまでに作ったわらじを行李《こうり》に入れて、旅支度をしている。

「おとう、城下町へ行くの？」

幾つもの山を越えた先には、酒井《さかい》のお殿様が住むお城と城下町があるという。おとうは冬の間に拵《こしら》えたわらじを、城下町まで出向いて売り捌《さば》くのだ。

「城下町では高く売れるからな。わらじが売れたら寒鱈《かんだら》を買ってこよう。年越しは、どんがら汁のごちそうだ」

「どんがら……って、何？」

「茜と蒼吉は、まだどんがら汁を食べたことがなかったな。すごいごちそうだぞ。楽しみに待っていてくれ」

普段は大根や菜っ葉の入った汁しか食べていない。どんがら汁は、どんなごちそうなんだろう。オレは興奮して言った。

「オレ、どんがら汁が食べたい！」

「あたしも。おとう、気をつけて行ってきてね」

おとうは嬉しそうに頷《うなず》くと、オレと茜の頭をそれぞれの手で撫《な》で回した。おとうの大きな掌《てのひら》の感触がオレの髪に触れ、そして離れていく。

おっかあは心配そうな顔をして、幾つもの手ぬぐいを行李《こうり》に入れた。

「あんた……山賊が出るから気をつけろと村長さんが言ってたよ。こんなときに山越えして、大丈夫かい？」

「山賊を恐れてたらなんにもできないさ。いざというときには、鉈《なた》で追い払ってやるから平気だ」

おとうは鉈を用意して、行李《こうり》に仕込んでいた。

蓑《みの》と笠を被り、支度を調えたおとうは大きな行李《こうり》を担いで家を出て行った。オレたち家族は、おとうの背が見えなくなるまでずっと、見送っていた。

山の夕暮れは早く、瞬《また》く間に辺りは暗くなる。

板戸に打ちつける風の音が、吹雪《ふぶき》の訪れを告げた。底冷えのする寒さが這《は》い上がり、オレは身震いしながら囲炉裏《いろり》の中で燃える赤々とした炭に手をかざす。

そのとき、夕飯の支度をしていたおっかあが、あっと声を上げた。

「大変だよ。おとうったら、御守りを忘れていったよ」

おっかあは土間に落ちていた御守りを拾い上げた。

以前、おとうが神社の御守りを旅の途中に落としてしまったので、オレたちが代わりの御守りを手作りしたものだった。古い着物を利用して作った御守りの中には、オレたちの手書きの手紙が入っている。

字を習ったことがないので、ぐちゃぐちゃの文字だ。神社の御守りに比べたら粗末なものなのだけれど、なぜかおとうは新しい御守りを買わずに、それをいつも持ち歩いている。城下町には有名な神社がたくさんあるだろうに。

どうやら支度の最中に土間に落として、おとうは気づかずに行ってしまったらしい。

おっかあは御守りを握りしめると、慌てて自分の蓑《みの》と笠を身につけた。

「ついさっき出たばかりだから、おとうはまだ村にいるかもしれない。ちょっと渡しに行ってくるよ」

「あたしも行く」

「オレも！」

「いけないよ。もう暗いし、外は吹雪《ふぶき》だ。おっかあがひとりで行ってくるからね」

立ち上がりかけたオレと茜は、すとんと腰を落とす。

かんじきを履いて戸を開けようとしたおっかあは、振り向いた。

「もし、誰か来ても、決して戸を開けてはいけないよ。おっかあが出て行ったら、つっかえ棒を立てるんだよ」

「わかってるよ」

オレはぶっきらぼうに返事をした。

世間には人さらいなどの悪い人がいるらしく、知らない人に誘われてもついていってはいけないと常々言い聞かせられている。

おっかあは少しだけ戸を開けると、素早く外へ出て、ぱたんと閉めた。一瞬だけ垣間見えた外は猛吹雪《ふぶき》だった。オレは土間へ下りると、言われたとおりにつっかえ棒を立てかける。戸が開かないか、茜が把手《とって》を引いて確かめた。

留守番をするのは初めてのことではない。茜が熱を出したときも、おっかあは夜中に隣の村まで医者を呼びに行ったことがあった。

「おっかあが帰ってくるまでに、ふたりで夕飯を作っておこうよ」

「そうだね。オレ、もう腹減ったよ」

オレたちは先程までおっかあが用意していた鍋の蓋を開けた。

鍋にはすでに切った野菜屑《くず》が入っている。あとは水を注いで、囲炉裏《いろり》にかけるだけだ。

オレと茜は水を注ぐと、協力して囲炉裏《いろり》まで鍋を運んだ。自在鉤《じざいかぎ》に鍋の把手《とって》をかける。

囲炉裏《いろり》には、パチパチと炭火が躍っていた。

あとは煮立つまで何もすることがないので、囲炉裏《いろり》端に座って膝を抱える。炭に亀裂が入り、真っ赤な火の筋が走るのが目に入った。

ほどなくして、茜は鍋の蓋を開けようとする。

「もう煮えたかな？　掻《か》き混ぜ……」

トン、トン。

茜の言葉に被り、戸が鳴った。

オレと茜は顔を見合わせる。空耳でないことは、ふたりの挙動で互いに知った。

トン、トン。

また同じ音が鳴る。風の音ではなかった。誰かが外から、戸を叩いているのだ。

オレと茜は戸に目を向けると、また顔を見合わせた。

今ごろ家の戸を叩くのは、おっかあしかいない。けれど、なぜ無言なのだろう。

茜は戸口に向かって問いかけた。

「おっかあ？」

戸の外にいる人物は答えない。

奇妙な沈黙が流れた。

パチリと炭火の弾ける音が、やたらと響く。

ごくりと息を呑《の》んだオレは大きな声を出した。

「おっかあ？　どうしたの？」

「……ここを開けてくれないかい？」

返事があった。

ただしその声の主は、おっかあではなかった。猫撫《な》で声だけれど、野太い男の声だ。

もちろん、おとうの声ではない。どこかで聞いたことがあるが、誰だろう。

「あんたは誰だい？」

「昼間会った鉱夫のおじさんだよ。道に迷ってしまってね。この吹雪《ふぶき》だろう。ちょいと、休ませてくれないか？」

戸口の人物が昼間のおじさんだと知ったオレは安堵の息を吐き出した。

立ち上がって戸口に向かおうとすると、慌てた様子の茜がしがみつく。

「だめだよ、蒼吉。あのおじさんは嘘つきなんだよ。悪い人かもしれない。それにおっかあは、誰か来ても決して戸を開けてはいけないって言ってたよね？」

おじさんを嘘つきと決めつける茜の考えはどうかと思うが、おっかあの言いつけも守らなければならない。

おっかあはすぐに戻ってくるはずだ。それまでなら、おじさんに軒下で待ってもらってもよいだろう。

オレは声を張り上げた。

「おじさん、おっかあが戻るまで待ってよ。誰か来ても、戸を開けちゃいけないって言われてるんだ」

また、沈黙。

ややあって、低い声が返ってきた。

「……おっかあは、家にいないんだね？」

「そうだよ。おとうの忘れ物を届けに、村に行ってるんだ」

オレは正直に話した。

すると、おじさんの声色が急に変わる。

「……そうだろうね。おとうは昼間、旅支度をして出て行ったもんなぁ」

脅すような、気味の悪い声だった。

どうして、そのことを知ってるんだろう。見ていたんだろうか。どこから？

オレと茜は、また顔を見合わせる。
茜の顔を見るたびに、彼女の表情は切迫していく。
そこにいるおじさんは、村人のような穏やかな人間ではない……
悪が忍び寄ってきて、辺りを窺《うかが》う感覚をオレは初めて味わった。
その刹那《せつな》。
ガッ！
大きな音が響く。
戸口を見た茜の顔が一瞬の驚きのあと、恐怖に歪む。
息を呑《の》んで視線を巡らせると、戸板に刃物が打ちつけられていた。
ガッ、ガッ、ガッ！
鋭い刃は幾度も戸板に叩き込まれる。
崩れた戸の隙間から、炯々《けいけい》とした男の目が覗《のぞ》き込んだ。
「ひっ……ひぃぃ……！」
オレと茜は声にならない悲鳴を絞り出しながら、尻餅をついて後ずさる。
破壊された戸板は轟音《ごうおん》を立てて無残に倒れた。猛吹雪《ふぶき》が土間に吹き込んでくる。
現れた男は仁王立ちになり、手にした刀を振りかざした。

「子どもだけとは都合がいい。金目のものを漁《あさ》ってから、おまえらを売り払ってやる！」

野卑《やひ》で大きな笑い声が吹雪《ふぶき》の唸りと共に轟《とどろ》く。

笠を剥《は》いだ髭《ひげ》面の男は本性を現した。

山賊だ。

おじさんは、やはり鉱夫なんかじゃなかった。山賊が偽っていたんだ。

オレたちに刀の切っ先を向けながら、山賊は土足で上がり込む。いつも腰を落ち着けている板の間が、雪でぐちゃぐちゃに踏み荒らされた。

山賊はまっすぐに茜に向かうと、細い腕を捻り上げる。

恐怖に塗《まみ》れた茜の悲鳴が響き渡った。

「きゃあああああ！」

「おなごは高く売れるからな。腕をへし折られたくなかったら大人しくしてろ」

悲鳴を上げる茜の頬を山賊は軽く叩いた。それだけでも茜には大きすぎる衝撃で、彼女の頬は歪む。

目の前で理不尽な現実が繰り広げられ、オレは察した。

抵抗すれば、殺される。

抵抗しなくても、さらわれて売り飛ばされる。

その瞬間、オレは囲炉裏《いろり》で爆《は》ぜる真っ赤な炭を掴んだ。
「うあああああ……！」
腹から声を迸《ほとばし》らせ、振り向いた山賊の顔めがけて、焼けた炭を投げつける。
ギャア、と悲鳴を上げた山賊は茜を放り出した。
掌《てのひら》で目を覆っている。炭が目に当たったのだ。
「この……殺してやる！」
ヒュウ、と刀が空を切る。
瞬間、オレは反射的に飛び退く。
山賊は片眼を潰されたためか、滅茶苦茶に刀を振り回した。
「茜、来い！」
茜の腕を引いて、猛然と戸口へ向かう。
破壊された戸板を踏み、吹雪《ふぶき》の中を駆け出す。
背後から山賊の怒号《どごう》が轟《とどろ》いた。
早く。逃げるんだ。あいつが、追ってくる。
喉からは、ヒィヒィと細い悲鳴のような声ばかりが漏れる。
茜と手をつないで、暗闇の中を闇雲に逃げた。

恐怖に塗り潰されながら。

顔に降りかかる冷たい雪に目を眇《すが》める。

何も、見えない。あるのは深淵の暗闇だけ。

「はぁ、はぁ……う、うぅ……」

茜とつないでいないほうの右の掌《てのひら》に、鋭い痛みを覚えた。

痛みを自覚すると、急速に寒さを感じた。

ふたりとも、裸足だった。

着物に半纏《はんてん》を羽織っただけの体には、すでに雪が降り積もっている。

後ろを振り返ると、山賊は追ってきていなかった。

山賊どころか、何も見えないのだ。家も、明かりも。

夢中で逃げてきてしまったけれど、ここは一体どこなんだ。

「茜……」

名を呼ぶと、つないだ茜の手が、ずしりと重みを増す。相当疲弊《ひへい》しているようだ。痛むほうの手を伸ばすと、茜の体にも雪が積もっていることがわかる。

「蒼吉……寒い……」

手探りで茜の頬に触れると、そこは腫れ上がり、熱を持っていた。あいつに殴られたからだ。

体は凍えているのに、殴られた頬だけは熱いなんて許せない。

「帰ったら駄目だ。あいつに、殺される」

山賊はオレたちを見失ったのかもしれない。そうしたら、家に戻って待っている可能性もある。また会ったら今度こそ斬り殺される。

茜は頽《くずお》れそうなほど体を傾けた。つないでいた手が、ずるりと離れる。

「おっかあ……おっかあは、どこ……？」

茜を支えようとしたオレは、はっとした。

そうだ。おっかあはもう、そこまで来ているはずだ。

「茜、おっかあはすぐそこだ。おっかあに会えれば助かる」

その言葉に、茜は緩慢に体を起こした。

手を差し伸べようとしたオレは、右の掌《てのひら》に走ったずきりとした痛みに顔をしかめる。

「うぐ……」

焼けた炭を掴んだときに、火傷《やけど》を負ったようだ。

暗闇で見えないけれど、触れると掌《てのひら》に爛《ただ》れた感触があった。

けれど今はそんなことに構っていられない。一刻も早く、おっかあを見つけないと。

「走るんだ、茜。おっかあに会うんだ」

茜の手を取り、膝小僧で雪を掻《か》き分ける。

冷たい、痛い、寒い。すべての感覚に気づかないふりをした。

もうすぐだ。もうすぐ、この地獄は終わるんだ。

明かりを携えたおっかあが、驚いた顔をしてオレたちを発見する。おっかあはオレたちを抱きかかえて、村長の屋敷に連れていく。そうしたら村の男たちが山賊を退治してくれるはずだ。茜とオレも、暖かいところで傷の手当てをしてもらえる。

すぐそこにある、あるべき未来に想いを馳《は》せながら、オレは重い足を前に出す。

つい昨日までは鬼の国に行くことを望んでいたのに。おっかあは、本当の母親じゃないかもしれないと考えていたのに。

今はおっかあに再会できることだけを一心に願うなんて、オレはなんて勝手なやつなんだ。

おっかあに会ったら、オレが悪かったと謝りたい。

それなのに、どこまで歩いても明かりは見えなかった。

見慣れているはずの道はひどい吹雪《ふぶき》で埋もれてしまい、混乱したまま逃げたためか、方向が全くわからない。

茜とつないだ手は感覚がなかった。ふと振り返ると、茜はひどく疲れた様子で、足を引き摺っている気配がした。

「どうしたんだ、茜……早く……」

オレの舌が、痺れたように縺《もつ》れる。体も、足も、鉛《なまり》のように重い。

「蒼吉……あたし……眠い……」

ふらふらと頭を揺らした茜の体は、どさりと倒れてしまう。

支えようとしたオレの腕は、思うように動かなかった。

「こんなところで、寝るな……茜……」

倒れた茜の背に、みるみるうちに雪が積もっていく。

オレは震える手で、茜の背を撫《な》でる。

「茜……起きろ……あかね……」

何度払い除けても、茜の背に降り積もる雪はなくならない。

オレは縺《もつ》れる舌で、起きろ、起きろと繰り返した。

茜は雪に突っ伏しながら、小さな声で呟いた。

「おっかあ……おとう……会いたい……」

会えるんだ。すぐ傍に、ふたりは来ているはずだ。オレたちはあの家で、家族とずっと、穏やかに暮らせるはずなんだ。

「おとう……おっかあ……おとう……おっかあ……」

ふたりの声が重なる。

ヒュウヒュウという冷酷な吹雪《ふぶき》の音色が、小さな声を掻《か》き消した。

茜はもう、動かなかった。

やがて彼女は押し黙った。

茜……死ぬな……

オレの凍えた喉は言葉を紡げない。

懸命に火傷《やけど》した手を往復させた。雪で、茜の背が白く染まらないように。茜の体が埋まらないように。

ぐわりとした闇が、オレたちを呑《の》み込んでいく。

寒さも痛みも哀しみも、すべてがどこか遠くへ去って行く。

オレの体は、ぽっかりとした暗闇に放り込まれた。心だけ、残したまま。

瞼《まぶた》を覆う陽の光に、ふと気がついて顔を上げる。

重い瞼《まぶた》をこじ開けると、見上げた空の雲間からは、眩《まばゆ》い太陽が覗《のぞ》いていた。

いつのまにか、朝になっていた。辺りは一面の雪景色だけれど、明るくなっている。

「あれ……?」

はっとして茜の姿を捜すと、すぐ傍に突っ伏していた。

「茜! 茜、しっかりしろ!」

小さな背は、すっかり雪を被《かぶ》っていた。はたき落とすと、茜は身じろぎをした。

「う……ん……。あ……蒼吉……あたしたち、どうなったの?」

きょろきょろと周りを見回した茜は立ち上がった。

雪の中で倒れたときは死んでしまうかもしれないと思ったけれど、気絶していただけらしい。

「助かったんだよ! もう大丈夫だ。山を下りて、村長さんの屋敷に行こう。おっかあもきっとそこで待ってる」

茜と手をつないで、一歩を踏み出す。明るくなったから、すぐに村へ辿《たど》り着けるだろう。オレたちは新たに漲《みなぎ》った気力で雪の中を駆けた。

そのとき、ずるりと足が滑る。

あっと声を上げたときには、雪の斜面を転がり落ちていた。

「わあああぁ……!」

手をつないでいた茜を道連れにして滑落する。

視界が暗転した。

真っ暗な中をどこまでも、尻で滑り落ちていく。

「いてっ」

どん、と衝撃があった。

それから、掌《てのひら》に伝わる硬い土の感触。

どうやら洞窟のようなところに落ちたらしい。

むくりと、隣に落ちた茜は起き上がる。

「……あ、見て！　すごいよ！」

茜に釣られて頭上を見上げると、洞窟の天井は星空のように煌《きら》めいていた。オレたちが落ちてきた穴がとても小さく見えている。

「わあ……光ってる」

天井だけでなく、洞窟の壁も床も、すべてがきらきらと光り輝いていた。

不思議な光景を茫然《ぼうぜん》と眺めると、ばさりと羽音が鳴る。

「フォフォフォ。ここは銀鉱山だから、銀が光っているのじゃよ」

「だ、誰だ！」

突然響いた何者かの声に、オレと茜は警戒して身を寄せ合う。

ひらりと、褐色の尾羽が舞い落ちた。

目の前に現れたのは、巨大なフクロウだ。オレたちより遥かに大きい。化け物だろうか。

「わしは、あやかしのココヨミじゃ。皆に、ヨミじいさんと呼ばれておる」

「お、おまえは、オレたちを食うつもりなんだな！」

オレは体をぶるぶると震わせる。ヨミじいさんと名のったフクロウは、漆黒の双眸《そうぼう》をすうと細めた。

「ふむふむ……。おまえさんたちは大変な目に遭ったようじゃのう。まこと、気の毒なことじゃ」

まるで見透かすようなことを言われて、首を傾げる。

不信感を募らせるオレを宥《なだ》めるかのように、ヨミじいさんはパタパタと軽やかに羽を動かした。

「安心せい。わしは怪しい者ではないぞ。おまえさんたち、疲れておるだろう。とりあえず温泉に入って体を休めたらどうじゃ？　わしが花湯屋へ案内しよう」

「花湯屋……？　温泉って、もしかして銀山温泉のこと？」

茜は興味を持ったようで、しがみついていたオレから体を離した。

けれど、オレの警戒心は拭《ぬぐ》えない。

あの山賊は、鉱夫のふりをしてオレたちを騙《だま》した。ヨミじいさんだって、オレたちに嘘をついて、さらおうとしているのかもしれないのだ。

「そうじゃ。ただし温泉宿なので、お代は必要じゃ。ほれ、そこの壁から銀粒を採ってみよ。それがお代となる」

素直に壁に手を触れようとする茜を、オレは押し留める。

「茜、やめろ！」

「どうして？」

「あいつは嘘をついてるんだ！　きっと、オレたちを盗人にして牢屋に閉じ込めるつもりだ！」

ここが銀鉱山なら、勝手に採掘していいわけがない。嘘をついて、オレたちに濡れ衣を着せるつもりなんだ。

山賊のことを思い出したのか、怯《おび》えた表情をした茜は、オレとヨミじいさんを交互に見る。

ヨミじいさんは哀しげに首を左右に振った。そして、何者かに話しかける。

「銀山さんや。この子らに、話してくれまいか」

洞窟内は大粒の星が瞬《またた》くかのように、きらきらと輝きを増す。まるで夜空の中に立っているようだ。

『子鬼たちや……』

洞窟全体が柔らかく震動するような、不思議な声が響いてきた。

「誰……？」

『私は、あやかしたちの訪れる秘密の銀鉱だよ。あやかしたちからは、銀山さんと呼ばれているよ……』

「あなたは、銀山さんというの？　どこにいるの？」

茜が問いかけると、銀山さんは優しい声音で答える。まるでおっかあのような、懐かしい声だった。

『私はあやかしだからね。この秘密の銀鉱そのものが、私の体なのだよ……』

「えっ……ここ、銀山さんのおなかの中なの⁉」

『ふふふ。そういうことだね……』

銀山さんは柔らかく笑った。それと同時に、銀の結晶が燦々《さんさん》と煌《きら》めく。

この銀鉱そのものが、声の主の体だなんて。

そんなまさかとは思うけれど、銀山さんが笑ったり喋ったりする調子に合わせて洞窟の銀が輝くのだから、認めざるを得ない。銀山さんは本物のあやかしなのだ。

「銀山さん。さっき、オレたちのことを子鬼たちって呼んだよね？　あれってどういうこと？」

まさか銀山さんは、オレたちをあやかしの一味だと思っているのだろうか。

オレたちは、あやかしでも子鬼でもないのに。人間なのに。

『そうだねえ……話すと、とても長くなりそうだよ。子鬼たちと呼ぶのはやめようか。ふたりの名を、私に教えておくれ』

「あたしは、茜」

茜は、あっさり答えてしまう。そうなると、オレも名のらないわけにはいかなくなる。

彼らに本当の名を教えたら、呪われるんじゃないか？

疑念を抱いたオレは視線をさまよわせた。

「オレは……蒼龍《そうりゅう》」

咄嗟《とっさ》に口を衝《つ》いて出たのは、偽名だった。龍にのって、鬼の国へ行く……という望みが頭の隅にあったからかもしれない。

硬い表情を浮かべた茜は、横目でオレを見た。「嘘をついてもいいの？」と、彼女の目は語っていた。オレは顎を引くふりをして、頷《うなず》く。

なぜかヨミじいさんが、すうっと目を細めた。

『では、茜と蒼龍……私のおなかから、銀を剥がしてごらん。掌《てのひら》で撫《な》でるだけで、剥がれるよ……』

銀山さんはオレの嘘を信じた。

ちくりと胸に針を刺したような痛みを覚えるが、見ないふりをした。優しそうな銀山さんを騙《だま》すなんて、いけないことかもしれない。

「こうかな……？」

茜は銀山さんのおなからしき光る壁を、そっと撫《な》でる。すると紙が剥がれるように、するりと銀の塊が取れてしまった。

「わあ……すごい！」

銀の塊は薄いものだけれど、茜の掌《てのひら》ほどもある大きさだ。鉱石の状態ではなく、完成された銀の粒だ。

「どうして撫《な》でただけで取れるんだろう……。茜、手は痛くないのか？」

「全然痛くないよ。蒼……龍も、やってみて」

茜は、ぎこちなくオレの嘘に付き合ってくれた。

オレもやってみよう。右の手を出しかけたけれど、引き攣《つ》れるような痛みを感じたので代わりに左手で壁をなぞってみる。するりと、銀はオレの掌《てのひら》に吸いつくように収まる。茜が採取したものと同じ輝きを放つ銀だった。

『その銀粒を持って、花湯屋へお行き。温泉に入れば、心と体の傷もいずれは癒えるよ。あやかしや子鬼のことも、まずは花湯屋を知らなければ語れないからね……』

銀鉱山の主が持っていってよいと言うならば、盗人扱いはされないだろう。

銀山さんは、オレたちを腹の中に入れてくれた。それなら信頼していいのではないかとオレは考えた。

茜は大切そうに、胸に銀を抱きしめながら、銀山さんに問いかけた。

「でも、銀山さんのおなかを削ったら、おなかが痛くなっちゃうんじゃない？」

『ふふふ。平気だよ……。その銀粒はね、花湯屋の当主から、返してもらうことになっているんだ。初めから、そういう約束事なのだよ……また、おいで……』

反響していた銀山さんの声が、すうと溶けるように消えた。燦然《さんぜん》と煌《きら》めいていた銀の洞窟は、もとの落ち着いた輝きに戻る。

茫然《ぼうぜん》として銀山さんとの会話を反芻《はんすう》していたオレは、ヨミじいさんの声で我に返った。

「これで我々のことを信用してくれたかのう？　茜と蒼……龍や」

妙なところでヨミじいさんは一拍置いたが、オレは気に留めなかった。それよりも、銀山さんという不思議な存在との出会いに、気分が高揚していた。

オレは茜と顔を見合わせると、互いに頷《うなず》いた。

花湯屋に、行ってみよう。

「信用してあげてもいいぞ。でもオレたちを食べようとしたら、ヨミじいさんの羽を毟《むし》るからな」

「あたしは銀山さんもヨミじいさんも、信じるよ。悪い人じゃないもの。お願い、あたしたちを花湯屋に連れて行って」

ヨミじいさんは高らかな笑い声を上げる。褐色の羽を大きく広げた。

「フォフォフォ。花湯屋の臙脂《えんじ》の暖簾《のれん》をくぐり、己の目で確かめるがよいぞ。さあ、わしの背にのるのじゃ」

オレと茜は、ヨミじいさんの背によじ登った。ふわふわの羽毛は柔らかくて、オレたちの体はすっぽり埋もれた。

「さあ、ゆくぞ。しっかりと掴まっておれ」

ヨミじいさんが羽ばたくと、背中が大きく動く。オレたちは振り落とされないよう、身を屈めてふかふかの背に掴まった。

ふわりとした浮遊感に、一瞬くらりとする。

空中に浮いたヨミじいさんは、天井に空いた穴から一気に地上へ向けて飛行した。

突然視界が白い紗《しゃ》に覆われ、オレはぎゅっと目を閉じる。

そろりと瞼《まぶた》を開けると、雪を被った山々の風景が広がっていた。

鈍色《にびいろ》の雲が目の前にある。

隣の茜も驚いた顔をして、歓声を上げた。

「ひゃああ……あたしたち、空を飛んでるの……!?」

「夢じゃない、本当に、飛んでるんだ……！」

吹きすさぶ風が音を上げ、髪と顔を強く撫《な》でて通り過ぎていく。

山間《やまあい》に一本の川が通っているのが見えた。その川岸に、黒鳶《くろとび》色をした御殿のような建物がずらりと並んでいる。

徐々に高度を下げたヨミじいさんは、ばさっと大きく羽ばたくと地上に降りた。

「さあ、着いたぞ。ここが銀山温泉じゃ」

オレと茜は、きょろきょろと辺りを見回す。

建ち並ぶ温泉宿は、どれも殿様が住むような立派な御殿だ。川に架けられた豪華な朱塗りの橋を、真新しい着物を纏《まと》う御大尽《おだいじん》のような男性が渡っている。

背あぶり峠《とうげ》を越えた先にある銀山温泉の噂は聞いたことがあるけれど、訪れるのは初めてだ。きらびやかな温泉街はオレたちが住んでいる村とは別世界だった。

「そして、ここが花湯屋じゃよ」

ヨミじいさんは目の前にそびえたつ御殿のような宿を羽で指し示した。飴色の看板には達筆な文字が躍っている。

「茜、入ってみよう。……ひっ！」

茜を見たとき、オレは驚愕した。

どうして今まで気づかなかったのだろう。

茜の目の色が、いつもと違っている。

「どうしたの？」

瞬《また》いたその瞳は黄金のように光っている。

まるで、鬼のように。

「あ、茜……どうしたんだ、その目！　金色になってるぞ！」

「えっ？　そうなの？　でも、ふつうに見えてるけど……」

光の加減ではなかった。辺りを見回す茜の目の色は、どの角度から見ても金色に光っているのだ。けれど本人にはいつもと変わらずに景色が見えているらしい。

改めて茜の姿をじっくりと眺めたオレは、その変化に気がつく。

茜は、裸だった。なぜ、そんなに大きな変化に気づかなかったのだろう。

頭が大きくて、そのわりに体が小さい。なんだか比率がおかしい。

それに、茜の額からはこぶのようなものが出ていた。

「茜……その頭のこぶ、どこかにぶつけたのか？　痛くないのか？」

「えっ？　……あ、ほんとだ。全然痛くないよ」

けろりとした表情で、茜は自らの頭に触れる。

そして彼女は、笑いながらこう言った。

「蒼龍も、同じだよ。目も金色だし、頭から角が生《は》えてるよ」

ひゅっと、息を呑《の》む。

その瞬間、オレはとても遠いところへ来てしまったのかもしれないと怖くなった。

おそるおそる、自分の頭に手で触れる。

そこには、茜と同じような形のこぶがあった。先端が尖《とが》っているので、確かに角のようだ。痛みは全くなかった。

目の見え方も、以前と変わりない。瞳が金色になっていると言われても、俄《にわか》には信じられなかった。

「大丈夫だよ、蒼龍。これも温泉に入れば治るんじゃない？　銀山さんは心も体も癒やせるって言ってたもの」

「……そうかな」

彼女は、すっかり『蒼龍』という呼び名に慣れてしまったようだ。

ヨミじいさんが傍にいるので本名で呼ばれては困るはずなのに、なぜかオレの胸はぎこちなく軋《きし》んだ。

そのとき、重厚な玄関扉が開いた。

はっとしたオレたちは扉に目を向ける。

「あやかしの客か」

無愛想に呟いたその男は、紺色の法被《はっぴ》を纏《まと》っている。黒髪は寝癖を直していないのか、四方に撥《は》ねていた。冷酷そうな漆黒の双眸《そうぼう》で見据えられたオレたちは立ち竦《すく》んだ。

男はまるで、巨人のような大きさなのだ。

声も出ないオレたちの代わりに、ヨミじいさんが愛想よく答える。

「圭史郎、この子らはまだあやかしになったばかりなのじゃ。花湯屋で面倒を見てくれ。すでに秘密の銀鉱には寄ってきたからのう」

この男の名は、圭史郎というらしい。彼が花湯屋の当主なのだろうか。

おそるおそる銀粒を差し出すと、圭史郎はそれを取ろうとしなかった。

「お代は女将に渡してくれ。入れよ、こっちだ」

圭史郎は宿の中に入っていく。オレたちもあとに続いた。

高い天井、黒塗りの柱、朱の敷物が巡らされた床。どれもが初めて見る豪勢なものばかりだ。奥には藍の暖簾《のれん》と臙脂《えんじ》の暖簾《のれん》がかかっており、その向こうにはさらに廊下が延びている。粗末な家で暮らしていたオレにとっては、まさに御殿だった。

物珍しくて見回していると、小袖姿の女性が臙脂《えんじ》の暖簾《のれん》を掻《か》き分けてやってきた。

「いらっしゃいませ。花湯屋へ、ようこそおいでくださいました」

髪を結い上げた優しそうな面差しの女性は、身を屈めてオレたちに挨拶してくれた。

圭史郎が顎をしゃくり、女性に話しかける。

「こいつらは、あやかしになったばかりらしい。ヨミじいさんが連れてきたんだ」

「まあ、そうなんですね。それはお疲れでしょう。私は花湯屋の女将をやっています、おゆうと申します」

彼女が、花湯屋の女将のようだ。

オレと茜は顔を見合わせて、互いに頷《うなず》いた。女将のおゆうに銀粒を差し出す。

「あたしは茜」

「オレは蒼……龍」

「ありがとうございます。茜と蒼龍」

おゆうは丁寧な仕草で銀粒を受け取ってくれた。

これでオレたちは、花湯屋の湯治客《とうじ》になれたんだ。

感激に胸を昂《たか》ぶらせていると、背後で見守っていたヨミじいさんが羽ばたいた。

「それでは、女将に任せたぞ。わしは退散するわい」

「ご苦労様でした。ヨミじいさん」

ヨミじいさんは花湯屋には泊まらないらしい。そういえば彼は銀粒を採取しなかった。

圭史郎がヨミじいさんを追い立てるように手を振る。

「厄介事の丸投げが終わったんだから、さっさと帰れよ。ヨミじいさんはろくでもないことばかり持ち込むからな」

「なんじゃ、圭史郎。わしは客を紹介してやったのじゃろうが。感謝せんかい！」

「はいはい。ありがたいな。羽が落ちるからばたつくな」

圭史郎の頭の上に飛びのって羽ばたいているヨミじいさんと圭史郎は、互いに悪態を吐きながら外へ出て行った。おゆうはオレたちに掌《てのひら》を差し出す。

「おふたりとも、まずは温泉に入って体を休めてくださいな。さあ、私の掌《てのひら》にのってください」

「わぁい」

茜はなんの疑いも持たず、嬉しそうにおゆうの掌《てのひら》にのってしまう。仕方ないのでオレも柔らかくて温かい掌《てのひら》に、おずおずと身を預けた。

そのままおゆうの肩にのせられると、その視界は驚くほど高かった。おゆうは静かに臙脂《えんじ》色の暖簾《のれん》をくぐり、廊下の奥へ向かった。

彼女は肩を揺らさないよう歩いてくれたので、安心してのっていられた。

やがて廊下の奥にある扉に辿《たど》り着く。おゆうが扉を開けると、そこは広い部屋で、棚にはずらりと籠が並んでいた。

「おふたりは裸ですから、脱衣場はこのまま通りましょうね。この奥が大浴場ですよ」

からりと、奥の扉を開けた。

もうもうと立ち上る湯気の向こうに設えられた広大な湯船は、まるで池のようだ。

おゆうは袖を捲《まく》ると、桶を手にして湯船から温泉を汲《く》み取った。

「この湯船はおふたりには大きすぎますから、桶のお風呂に入りましょうか」

それから掌《てのひら》で掬《すく》ったお湯を、床に下ろしたオレたちの足許《あしもと》にそっとかける。

熱い湯が、足についた汚れを洗い流していく。足許《あしもと》の温かさがじんわりと体に染み渡り、ほっとした。

「それでは、ごゆっくり。お着物を揃えておきますね」

桶を置いたおゆうは挨拶すると、浴場を出て行った。

あとに残されたオレたちは、桶の風呂に目を向ける。自由に入浴していいらしい。

「入ろうよ、蒼龍。こんなにたくさんのお湯を使わせてもらえるなんて、すごい。ヨミじいさんと銀山さんのおかげだね」

いそいそと桶の風呂に入る茜に続いて、オレも桶を跨《また》いでお湯に入る。

ざぶりと肩まで浸かった。熱い温泉の湯が、冷え切った体を温めてくれる。

「あったかい……」

「あったかいね……」

しばらく無言で、温泉を堪能する。

ふと、水面《みなも》に映る自分の顔が目に入った。

オレの瞳は、金色に輝いていた。濡れた手で頭に触れると、こぶのような角がある。

もしかして、オレたちはあやかしの子鬼になってしまったのだろうか。

ごくりと息を呑《の》んだオレは、ゆるりと温泉に浸かっている茜に問いかける。

「なあ、茜。もしかしてオレたち……鬼になっちゃったんじゃないか？」

「え？　そうなのかな？」

「だって、いつのまにか目が金色に変わってるし、頭に鬼の角みたいなものがあるじゃないか」

茜は自分の姿が変わってしまったことに対する恐れを抱いていないようだった。彼女は大発見を披露するかのように、嬉しそうに金色の瞳を見開いて腕を広げる。

「それより、もっとすごいことに気づいたよ。おゆうや圭史郎はお伽話《ときばなし》に出てくる鬼みたいに大きかったよね？　それにヨミじいさんもフクロウなのに、あたしたちがのれるくらい大きかった」

「そうだね。宿も鬼の御殿みたいだ。銀山温泉は全部が大きいのかな？」

「違うよ。あたしたちのほうが、小さくなっちゃったんだよ！」

オレは押し黙った。

もしかしてと思っていた。

薄々勘付いて恐れていたことを明らかにされ、苦い味がする唾を呑《の》み込む。

茜は脳天気に笑っている。

「びっくりしたぁ。こんなに小さくなっちゃうなんて、すごいね。龍にのって鬼の国に行くって言ってたのが、本当になったね。龍じゃなくてフクロウだったけどね」

「黙れよ！」

立ち上がったオレは声を荒らげた。ざぶりと、湯が荒波を立てる。

茜は驚いた顔をして、金色の目を瞬《また》かせた。

「……どうしたの？　だって、蒼龍が言いだしたことなんだよ？　あたしたちは実は鬼の子だって……鬼の国で贅沢したいって、言ってたじゃない。そのとおりになったじゃない」

茜の指摘が、後悔という名の鋭い刃となってオレの身を貫いた。

そんなつもりじゃなかった。

ただ、ほんの少しだけ、太郎や仲間たちに大きいことを言いたかっただけなのに。口からでまかせについた嘘が図らずも現実になってしまったことに、オレは身震いする。

「あんなの……嘘に決まってるだろ！　本気で言ったわけじゃない。きっと、おっかあはオレたちがいなくなって心配してる。おとうも報せを聞いて戻ってきてるかもしれない。温泉から上がったら、家に帰ろう」

おっかあとは結局会えなかったが、家はもぬけの殻で、踏み荒らされた形跡があるだけなのだ。何があったのかと驚くに決まっている。

あの山賊と鉢合わせでもしたら、今度はおっかあの身が危ないかもしれない。ここで呑気《のんき》に温泉に浸かっている場合じゃない。すぐにでも帰らなければならない。

動揺したように視線を巡らせた茜は、やがて俯《うつむ》きながらひとこと呟いた。

「……いやだ」

「え……なんでだよ⁉」

鬼の国に行きたいと願ったオレを非難していた茜が、今度は帰りたくないと言い出すなんて、どうして。

ところが次の茜の台詞《せりふ》に、オレは棒立ちにさせられた。

「だって、あたしたち……もう、おとうとおっかあの子じゃないよね」

「えっ……？」

「鬼の子……だよね。この姿のまま家に帰ったら……うちの子じゃないって、言われちゃう」

今度はオレが動揺する番だった。

おゆうや圭史郎たちはオレたちに初めて会ったので、これが本来の姿だと思い、受け入れてくれた。

けれど、おとうとおっかあはそういうわけにはいかない。

異形《いぎょう》の姿を目にしたら、鬼の子めと罵《ののし》るかもしれないのだ。

ぴちょん、と雫が湯に落ちて波紋を広げる。

それきり、オレと茜は無言だった。オレたちは気まずい空気のまま浴場を出た。

脱衣場で互いに背を向けていると、やってきたおゆうが優しく声をかける。

「おふたりとも、温泉はいかがでしたか？」

沈黙で返したオレたちに、おゆうは微笑みながら、小さな浴衣《ゆかた》を着せかけてくれた。

「喧嘩でもしたんですか？　おふたりは兄妹ですよね」

「あたしたちは双子だけど、同時に生まれてきたの。だから兄とか妹とかないの」

「そうなんですね。じゃあ、きっとすぐに仲直りできますね」

おゆうの言葉に目線を交わしたオレたちだけれど、すぐにぷいと顔を逸らした。

「蒼龍が悪いんだもの。仲直りなんてできない」

「オレだって！」

茜が悪いんだ。おとうとおっかあの子じゃない、なんて言うから。

「まあまあ。どうして喧嘩になってしまったんですか？」

そのとき、戸口に圭史郎が顔を出す。

愛想の欠片《かけら》もない彼は、鋭い眼差しでオレたちを見る。

「構うな、おゆう。そいつらの問題だ」

「でも、兄さん。私たちも兄妹ですから、茜と蒼龍の気持ちがわかりますし……」

「その呼び名を使うなと言っただろ」

顔をしかめた圭史郎は低い声音で叱責する。叱られたおゆうは唇を引き結び、俯《うつむ》いた。

ふたりは兄妹なのか。雰囲気が異なるせいか、全く似ていないように見える。

「すみません、圭史郎さん……。でも、私は女将です。お客様の悩みを聞いてあげるのも、花湯屋の当主としての役目だと思っています」

「……おまえも言うようになったな。勝手にしろ」

圭史郎は法被《はっぴ》を翻《ひるがえ》して姿を消す。

オレと茜は、それぞれ逆方向に首を傾げた。

圭史郎は、『兄さん』と呼ばれるのが嫌なのだ。なぜだろう。

おゆうは哀しげに微笑みながら、茜とオレの腰に巻いた紅色の帯を締める。

「圭史郎さんは神使なんです。とても頼りになるんですよ」

「ふうん……」

圭史郎に、おゆうは気を使っている。

事情はわからないが、ふたりの兄妹喧嘩を見てしまったオレは、茜に対して意地を張ることをやめようと思った。

それよりも、おゆうには聞いておきたいことがある。

――オレたち、鬼になったのかな？

ちらちらとおゆうの顔を窺う。あやかしお宿の女将なら、その問いに答えてくれるかもしれない。

でも、答えを聞くのが怖い。

迷っていると、オレの代わりに腹の虫がぐうと鳴る。

その音を耳にしたおゆうは、ころころと笑った。

「おなかが減っちゃいましたね。夕餉《ゆうげ》にしましょう。お膳の用意はできてますよ」

おゆうは柔らかい掌《てのひら》を差し出す。

ほっとしたオレは、肩の力を抜いた。

もう人間には戻れませんよ、という最悪の答えを告げられることを回避できたからだ。

オレたちは再びおゆうの肩にのせられて、部屋へ向かった。

夕餉《ゆうげ》は初めて目にする豪華な膳で、魚や汁物、それに大盛りの白飯が用意されていた。

腹を空かせていたオレたちは豪勢な食事を夢中で掻《か》き込んだ。

湯治客《とうじ》はオレたちのほかに、白い髪と髭《ひげ》の毛むくじゃらな大男がひとりいて、箸を操りながら黙々と食事していた。

まるで白い熊のようだ。オレはちらちらと大男を窺《うかが》いながら、箸を運んだ。

「子鬼たち。おらが気になるが？」

「ひっ」

大男に話しかけられて、身を竦《すく》ませる。

お茶を注いでいたおゆうは、オレたちに合わせた小さな湯呑《ゆの》みを出してくれた。

「又造《またぞう》さんは雪男なんです。穏やかで心優しい方ですから、怖くないですよ」

「……そんなもんじゃないげどよ。女将さんは持ち上げっから困るなぁ」

又造と呼ばれた大男は咳き込むように体を揺らす。笑っているようだ。

お伽話《とぎばなし》に登場する雪男は雪山に住んでいたはずだが、こうして温泉宿で夕餉《ゆうげ》を食べているだなんて、なんだか奇妙な感じがする。

夕餉《ゆうげ》のあとは客間に案内された。広い客間には、ふかふかの布団が二組敷かれている。

こんなに柔らかくて真っ白な布団で眠れるなんて、まるで殿様にでもなったようだ。

オレと茜は行灯《あんどん》の明かりを吹き消すと、すぐに布団に潜り込んだ。

いろんなことが起こったので、体も心も、とても疲れていた。今後のことや、抱えている問題について話し合うような気力は残っていなかった。

オレは暗闇の中で目を凝《こ》らす。疲れているのに、眠気が訪れない。

ふと障子に目を向けると、雪が透けて仄《ほの》かに明るい。

山賊に襲われて、雪山で倒れた記憶を思い出した。

茜とふたり、おとうとおっかあを呼びながら、暗闇に呑《の》み込まれた。

ぶるりと背が震える。

オレたちは、あのとき、人間ではなくなったのかもしれない。あやかしの子鬼に変化してしまったのかもしれない。

もしかしたらオレたちは、人間の子どもに戻れないのか。

もう二度と、おとうとおっかあに会えない……？

そのとき、平穏な日常がいかに貴重で得がたいものであったのか、痛烈に思い知らされた。

おとうとおっかあに、もっと優しい言葉をかけてあげればよかった。

もっと、わらじ作りの手伝いを真面目にやっていればよかった。

ふと、隣で眠っている茜を見る。

茜の眦《まなじり》から、一筋の涙が伝っていた。

「……おとう……おっかぁ……」

ぐっと、胸を衝《つ》かれた。

茜は雪山で最後に呟いた台詞《せりふ》を繰り返している。

帰りたくないわけがない。茜も、おとうとおっかあが恋しいんだ。

オレはぎゅっと目を閉じて布団を引き上げる。自分の涙が、零《こぼ》れないように。


翌日から、オレと茜は秘密の銀鉱へ行くことが日課となった。

花湯屋に逗留《とうりゅう》し続けるためには、銀粒を採取しなければならないからだ。

難しいことはなく、オレたちしか入れないような狭い通路を通れば、すぐに銀鉱に辿《たど》り着けた。銀山さんはいつも快く銀を採らせてくれた。

おゆうに銀粒を渡せば、あとは温泉に入って美味い飯を食って、夜は柔らかい布団で眠れる。まるで極楽のような暮らしだった。

けれど、オレの心には常に棘《とげ》が引っかかっていた。

おとうとおっかあは、どうしているだろう。

あの山賊は捕まったのだろうか。おとうも、もう家に戻っているはずだ。突然オレたちがいなくなって、どう思っているだろう。

「なあ、茜……家に帰らないか？」

客間の隅に置かれた箪笥《たんす》の陰から、茜はひょこりと顔を出した。

近頃、狭いところに入りたがるのだ。

「家って……あたしたちの住処はここだよね」

「何言ってんだよ！　おとうとおっかあに会いたくないのか？」

茜はうろうろと視線をさまよわせる。

この話題になると、いつも茜が拒否して、結局話は進まない。茜が家に戻りたくないのは、この姿で戻ったらおとうとおっかあに拒絶されるかもしれないからだ。

もしそうなったら、オレたちは、どこにも行き場がなくなってしまう。親に存在を否定されたら、オレたちが生まれてきた意味もすべて消えてしまう。

「……おとうとおっかあが迎えに来てくれるまで、あたしはここにいる……」

現実を直視したくない茜は、俯《うつむ》いて小さく告げた。

オレだって、おとうとおっかあに会うのは怖い。

家に戻ったら、おとうとおっかあにはもう新しい赤子がいて、いなくなったオレたちのことなんて忘れてしまっているかもしれない。

そう思うと、茜の手を引いて家へ帰ろうと強く言えなかった。

「おい、いるか」

がらりと襖《ふすま》を開けて客間に入ってきたのは圭史郎だ。

おゆうはオレたちをお客様として手厚くもてなしてくれるのに、圭史郎はいつでも無愛想な態度だった。

なるほど、こんな無礼な男に温泉宿の当主なんて務まらないだろう。おゆうが適任だ。

圭史郎は神使という肩書きだが、偉そうな役職のわりには昼寝ばかりしている。だが料理人でもあるらしく、あやかしの膳はすべて圭史郎が作っていると聞いて、オレはとても驚いた。

「なんだよ、圭史郎。昼寝はもういいのか？」

嫌味を無視した圭史郎は、腕組みをしてオレたちを見下ろした。

「おまえら、いつまで花湯屋にいるんだ？」

オレと茜は棒立ちになる。

いつまでなんて、考えていなかった。銀山さんもおゆうも、オレたちを快く迎えてくれるから、ずっとここにいていいものだと思っていた。

「あたしたち、毎日銀粒を持ってきてるでしょ。だから、ずっと花湯屋にいていいんだよね？」

「そうだよ。お代は払ってるんだから、オレたちはお客様なんだぞ」

「そういうわけにもいかなくなった。急遽、団体客が入る予定なんだ。おまえらは近くの村に家があるんだよな？　団体客が帰るまで、しばらく家に戻ってろ」

部屋数が足りないので、しばらく逗留《とうりゅう》していたオレたちは客間を空けないといけないようだ。

「又造はどうするんだ？」

「又造も今日発《た》つ。あいつは冬しかこの辺りにはいないんだ。北へ旅立つそうだ」

「そうなんだ……」

初めは怖いと思っていた又造とも食堂で話すうちに徐々に打ち解けたけれど、別れの時がやってきたらしい。

「オレたちも、帰らないと……」

「そうだね……。でも、あたしたちはまた花湯屋に来てもいいんだよね？」

茜が祈るように両手を握りあわせながら圭史郎に問いかける。オレも息を詰めて見上げると、圭史郎はあっさり頷《うなず》いた。

「ああ。またそのうち来いよ」

逃げ場を与えられ、ほっとした。

オレたちは雪山に打ち捨てられるわけじゃないんだ。帰る場所はあるんだ。

散々茜と話し合い、結論を先延ばしにしていたけれど、思わぬ方向から背中を押されて家へ戻ることになった。団体客が訪れるのなら仕方のないことだ。

圭史郎のあとに続いて、オレたちは客間を出た。

もとから身ひとつなので、手荷物は何もない。おゆうが作ってくれた着物を着て、オレと茜はとぼとぼと重い足取りで臙脂《えんじ》の暖簾《のれん》をくぐる。

すると、玄関にはすでに又造がいた。

「やあ、茜さん。蒼龍さん。おらと一緒に行ぐべ」

「あたしたちの家は隣の山にある村なの。又造はどこまで行くの？」

「おらは、ずうっと北の蝦夷《えぞ》さ行ぐんだ。通り道だがら送っていぐよ。ふたりはおらの肩さのってけらっしゃい」

「ありがとう、又造……また会える？」

茜が、おずおずと問いかける。

又造は穏やかな笑みを浮かべて頷《うなず》いた。

「んだな。また会える」

又造の肩にのせてもらい、花湯屋の表へ出る。おゆうは忙しいのか、姿を見せなかった。なぜか後ろから圭史郎がついてきた。

温泉街を出て、雪に埋もれた坂道を又造はのしのしと登っていく。振り返ると、圭史郎は素知らぬ顔をしてまだついてきている。見送りにしては長いようだが。

首を傾げながらも、久しぶりに銀山温泉街の外に出て、オレの気分は高揚した。

「あ……この道だ！　又造、オレたちの村はこっちだよ！」

「んだが」

見覚えのある景色に興奮し、オレは辺りを見回す。

山をひとつ越えて、曲がりくねった道を行くと、見慣れた村があった。集落の中には村長の屋敷もある。以前と少しも変わらない風景だった。オレたちの家は、ここから山道を登った先の一軒家だ。

「そこの道を登ったところなの……一軒だけ家があるの……」

「んだが」

茜の声がわずかに震えている。

やがて純白の雪景色の中に、一軒だけ佇《たたず》んでいる我が家が見えた。おとうとおっかあの姿はまだ見えない。オレは必死になって辺りを見回し、ふたりの姿を捜した。

そうしているうちに、戸口までやってきた。

家の中は静まり返っている。

山賊に破られた戸板は直っていたけれど、生々しい刃物の痕《あと》が残っていた。

そこで初めて圭史郎が、又造の前へ出る。彼は戸板を軽く叩いた。

「もし。誰かいないか」

戸板の向こうで物音がする。

オレはどきどきしながら、戸が開くのを待った。

「……どなたかね」

軋《きし》んだ音を立てて、戸が開いた。

中から現れたのは、痩《や》せこけて目の落《お》ち窪《くぼ》んだおとうだった。

まだ冬は終わっていないのに、わずかな間に、おとうはまるで別人のように姿形が変わっていた。

「俺は銀山温泉にある花湯屋という宿の者で、圭史郎という。この家に、双子の子どもがいただろう。姉や兄という区別なく、一緒に生まれてきた男女の双子だ」

圭史郎の問いかけに、おとうは息を呑《の》んだ。

病人のように沈んだ面持ちに血が巡り、やせ細った腕で圭史郎の胸倉に掴みかかる。

「ふたりは無事なのか⁉ おれが帰ってきたときにはすべて終わってた。村長さんから聞いたんだ。家に山賊が入って、皆、襲われたと。おっかあは崖から足を踏み外して死んじまってた……。んだけども、茜と蒼吉は見つかってない。ずっと捜してたんだ。その、花湯屋にいるんだな？」

一気に捲《まく》し立てたおとうの言葉を、オレは茫然《ぼうぜん》と聞いた。

おっかあが、死んだ。

山賊に襲われる前におっかあは家を出たけれど、道を誤ったのか、崖から落ちてしまっていたのだ。

オレたちが雪山で必死におっかあを探し求めていたときにはもう、崖から転落したあとだったのかもしれない。

衝撃的な事実を受け止めきれず、オレは軋《きし》む胸を掌《てのひら》で押さえた。

猛然と問い質すおとうに、胸倉を掴まれた圭史郎は平然と答える。

「ふたりは今まで、花湯屋で過ごしていた」

「そうだったのか……ありがたい。じゃあ、花湯屋に迎えに……」

「迎えは必要ない。ここに、来ているからな」

おとうは目を瞬《またた》かせた。

辺りを見回し、訝《いぶか》しげに圭史郎を見る。

オレたちは、圭史郎の隣に佇《たたず》む又造の肩の上にのっているのだけれど、おとうには又造が見えていないようだった。毛むくじゃらの大男がすぐ傍に立っているというのに、目を配ろうとしない。

「おとう……あたしだよ、茜だよ」

「おとう……オレたち、帰ってきたよ」

呼びかけても、聞こえていないようだった。おとうは圭史郎に疑いの目を向けた。

「どういうことだ？　ふたりは無事なんだろうな？」

「茜と蒼吉は、死んだ」

冷酷な圭史郎のひとことが、おとうに突き刺さる。

おとうは目を見開いた。おとうにとって、もっとも聞きたくない言葉だったんだろう。

「人として死んで、あやかしの子鬼になったんだ。だからあんたにはもう見えない」

おとうだけでなく、オレにも茜にも、容赦《ようしゃ》のない事実が突きつけられた。

オレたちはやはり、あの雪山で死んでいたんだ。

おとうとおっかあに会いたいという心残りから、あやかしになった。

そして、ふつうの人間であるおとうにはオレたちの姿が見えないんだ。

おとうはしばらくの間、ぶつぶつと呟いていた。

「あやかし……ここらで悪さをするあやかしがいると聞いたことがある。でも、まさか、ふたりがそんなものになるなんて……嘘だ、あんたは嘘をついている！　おれの子らが、あやかしになるわけないだろう！」

おとうは、圭史郎の言葉を否定した。

嘘じゃないのに。

本当にオレたちはあやかしになって、おとうの目の前にいるのに。

哀しくて、オレは目を伏せた。

オレたちはここにいるのに、おとうに信じてもらえなかった。

圭史郎はあっさりと身を翻《ひるがえ》す。

「嘘かどうかは死に際にわかる。じゃあな」

あまりにも簡単に引き下がったので、おとうも呆気に取られ圭史郎の背を見送っていた。

又造は戸口から少し離れたところで、ふたりのやり取りを黙って見ていた。圭史郎はオレたちに目を向ける。

「おまえたち、これからどうする」

どうすると言われても、花湯屋には団体客が訪れるから、オレたちはしばらくいられない。又造も蝦夷へ行ってしまう。

オレは又造の左肩にのる茜と目を合わせて、互いに頷《うなず》いた。

「オレ、家に残る。おとうに、オレたちがここにいることをわかってもらいたいんだ」

「あたしも。あたしたち、悪いあやかしになったわけじゃないよって伝えたい。だって……おとうをひとりにしておけないもの」

「それがいい。おまえたちが納得する頃、また迎えに来てやる」

圭史郎が頷《うなず》くと、又造は掌《てのひら》にオレたちをのせて肩から下ろした。

「親子一緒に暮らすのが、いちばんいいごどだ。んだらばな」

オレと茜は去って行くふたりに手を振る。

ふと、圭史郎が振り向いた。

「ところで、団体客が入るっていうのはな、俺の嘘だ。おゆうには黙っておけよ」

え、と手を振っていたオレたちの腕が止まる。

なんと、ここまで連れてこられたのは圭史郎の策略によるものだったらしい。

話しながら並び歩く又造と圭史郎の背が、次第に遠ざかっていく。

「圭史郎さんは悪い男だな」

「帰ったら、子鬼たちはどこに行ったとおゆうに問い詰められるだろうからな。言い訳を考えてる」

「ほんでまだ嘘つくことになるんだべ。困ったもんだなぁ」

「まあ、俺の言うことなんか信用するなってわけだな」

「やれやれ。おらが蝦夷に行くのは本当だがらな～また会うべ～」

ふたりの姿が雪の向こうに消えてしまうと、辺りはしんと静まる。

音もなく雪が舞い降りてきた。

おとうは圭史郎の背中を見送ったあと、首を捻《ひね》った。

「独り言を喋ってたな……。銀山温泉の宿といえば旦那衆《だんなしゅう》なのに、奇妙な男だ」

おとうが戸を閉めようとしたので、慌ててオレたちも家の中に体を滑り込ませる。オレと茜は、飛び込んできた室内の光景に目を丸くした。

物が散乱して、布団は敷きっぱなし。そこらに酒瓶が転がっていた。オレたちが住んでいた頃はおっかあがきちんと家を片付けていたのだけれど、今やその面影はなく、荒れ放題だった。

おとうは足に物がぶつかるのも構わず板の間を歩き、炭の入っていない囲炉裏《いろり》端に座る。

そうすると、背を丸くしてぶつぶつと呟いた。

「茜……蒼吉……死んじまったのか？　おっかあのところに行ったのか？　でも遺体は見つからなかった……。あの山賊、殺してないと最後まで言ってたな……嘘だ、殺したんだろう……それとも売り飛ばしたのか……どこだ、茜、蒼吉、どこにいるんだ……」

オレたちを襲った山賊は捕まって、罰せられたようだ。

けれど、オレたちの消息は山賊も知らない。死体も見つかっていない。

そのためか、優しくて頼もしかったおとうは人が変わったように疑り深い性格に変わってしまったようだ。

「ねえ、あれを見て」

ふと茜が指差したほうを見ると、ぼろぼろになった御守りが神棚に飾られていた。

「あれは……」

オレたちが手作りした御守りだった。

あの日、御守りを忘れて出かけたおとうのために、おっかあは吹雪《ふぶき》の中を届けに行った。そして、崖から足を滑らせて死んだのだ。御守りだけが、無事に家に帰ってきた。

事切れたおっかあが、死んでも御守りを握りしめている光景がオレの脳裏に浮かぶ。

「うわあああああ！」

オレは叫び声を上げながら床板に突っ伏して、号泣した。

後悔がオレの背を押し潰す。

御守りなんて、作らなければよかった。

あれさえなければ、おっかあが崖から転落することもなかった。

おとうはオレの声なんて全く聞こえていないようで、頭を抱えている。

「ああ……なんでおれはあのとき、三人を置いて出かけたんだ……。すまなかった……。

なんで傍にいてやらなかったんだ……」

おとうは後悔ばかりを口にした。

今までのおとうは酒も飲まず、真面目に働く人だった。愚痴のひとつも零《こぼ》したことはなかった。

あんな嘘、言わなきゃよかった。おとうはいつもオレたちのことを考えていてくれたのに。

「おとう……おっかあ……オレが、悪かった……」

オレは激しい後悔に苛《さいな》まれた。

茜が辛そうな顔をして、床に伏せているオレの背をさすった。

それは、オレたちの具合が悪いときにおっかあがしてくれた仕草と、全く同じだった。

ひとり暮らしのおとうは、昼間はどこかへ出かけていった。

仕事に行くわけではなく、あちこちに足を運んでオレたちの消息を辿《たど》っているらしい。

けれど何も手がかりは得られず、いつも肩を落として帰ってきた。圭史郎の言ったことは信じていないようだった。

おとうから見えないオレたちは、日がな一日土間の隅に座っていた。夜は酒を飲んで、後悔ばかりを吐いているおとうをただ眺めているのは辛かった。

そんな日々を過ごしていたある日、ふと茜が提案した。

「ねえ、おとうに、あたしたちがわかるようにすればいいんじゃない？」

「そんなことができたら、初めから困らないだろ」

せめてオレたちがあやかしとしてここにいることを認識できれば、おとうも気持ちが落ち着くのではないだろうか。

死体も見つからず、消息が不明だから、おとうはいつまでもオレたちを探し続ける。

けれど、オレたちの存在を伝える手段がない。

圭史郎が説明したけれど、おとうは聞く耳を持たなかった。疑心暗鬼になっているおとうを言葉で説得することは難しいだろう。

茜は明るい声で訴えた。

「縄をなって、わらじを作ればいいんじゃない？　そうすれば、おとうもきっとあたしたちがいることに気づいてくれるよ」

土間の隅に放置された藁《わら》が積まれていた。以前は家族でわらじを作っていたのだが、おとうはもうわらじ作りはやめてしまったようだ。

オレたちは物に触れることができる。完成したわらじがあれば、茜の言うとおり、おとうはオレたちの存在に気づいてくれるかもしれない。

「そうだね。わらじを作って、おとうに見せればいいんだ。やってみよう！」

オレたちは早速、藁《わら》を取り出した。

わらじを編むには、まず縄をなう作業を行わなければならない。

一本の縄を拵《こしら》えるには、藁《わら》の束をまとめて捻り、掌《てのひら》で大きく擦り上げる。それをふたりで協力して行ったけれど、小さくなってしまったオレたちには藁《わら》は手に余り、大変な作業だった。

「オレたちの手が小さいから、うまく縄にならないな」

「藁《わら》の数を少なくすればいいんじゃない？」

藁《わら》の本数を減らし、茜とふたりがかりで、「うんしょ、うんしょ」と藁《わら》を捻《ねじ》る。歪《いびつ》だけれど、どうにか一本の縄をないあわせることができた。

「ふう……疲れた」

もっとお手伝いをして慣れていればよかった。

茜は平気そうで、次の縄に取りかかっている。

「わらじを編むには縄がもっとたくさんいるよ」

「あのさ……とりあえず、小さいの作らないか？　オレたちの足のわらじなら、なんとか作れるだろ」

「あっ、そうだね。小さいのを並べておけば、おとうもあたしたちがいるってこと、わかってくれるかも！」

まずはオレたち専用の小さなわらじを作ることにした。できあがったばかりの縄を輪の形にする。結び目を作り、そこから縄を通して編み込んでいく。オレと茜で、一足ずつ編んでいった。

ややあって、小さなわらじがひとり分完成した。オレたちはふたりだから、もうひとり分も作ろうと、再び縄をなうところから始める。一度やれば要領を呑《の》み込めたので、先程よりは手際よく作れた。

茜が編んだほうのわらじは形が整っていて綺麗だが、オレのは歪《いびつ》に仕上がってしまった。お手伝いをサボっていたことが露呈し、オレは恥ずかしくなった。

けれど、なぜか茜は、自分で編んだものをふたつ揃えなかった。

右足は綺麗なわらじ、左足のほうは歪《いびつ》なわらじ。

それをふたり分、土間に並べて置いておく。

「茜が作ったのと、オレのと分けたほうがいいんじゃないか？　オレのは下手だし……」

「いいの。これで」

ふたりで作ったものだから、混ぜていいということなのだろうか。

茜の心遣いが、オレは少し気恥ずかしく、嬉しくもあった。

おとうが帰ってきたら、小さなオレたちがいることに気づいてくれるだろうか。

どきどきしながら、おとうの帰りを待ち侘びる。

やがて辺りが薄暗くなる頃、がらりと戸が開いた。

土間でわらじを脱ごうとしたおとうは、小さなわらじに目を留める。

「……ん？　なんだこれは」

おとうは、わらじを摘《つ》まみ上げた。それは指先で摘《つ》まむほどに小さいのだ。

ごみと思ったのか、おとうは放り投げようとした。

「おとう！　待って、捨てないで！」

「おとう！　それ、オレたちが作ったんだよ。オレたち、ここにいるよ！」

聞こえないとわかっているけれど、オレと茜は大声を張り上げた。

小さなわらじを捨てようとしたおとうは、ふと手を止めた。

もう一度わらじをしげしげと眺めて、首を捻《ひね》る。

「よくできているな……。ネズミのいたずらじゃあるまいし……」

おとうは、わらじをもとの場所に置いてくれた。オレと茜の顔に笑みが戻る。

よかった。何やら不思議なことがあるといった程度の認識だろうけれど、おとうはオレたちが作ったわらじを認めてくれたんだ。

「よかったね、蒼吉。もっといっぱい、わらじを作ろうよ。そうしたら、おとうも喜んでくれるよ」

「うん！」

茜はオレのことを『蒼吉』と呼んだ。久しぶりに耳にする響きだった。

なんだか、家族が平穏に暮らしていた頃に戻ったような気がした。

こうして、ふたりだけのわらじ作りが始まった。

今度は人間の大人が履く大きさのものを作ってみようということになった。そうすれば、おとうはそのわらじを売りに行ける。酒浸りで後悔ばかり口にする日々から脱してほしかった。家族みんなで協力してわらじを作っていた日々のことを、思い出してほしい。

藁《わら》が掌《てのひら》を擦って火傷《やけど》の痕《あと》に響いたけれど、オレはその痛みに気づかないふりをした。オレは、おとうとおっかあに何もしてやれなかった。それどころか、オレのくだらない嘘がきっかけで家族を失うことになった。

だからこの痛みは、罪の証だ。当然の罰なんだ。

いつのまにか囲炉裏端《いろり》に置いてある新品のわらじを見たおとうは気味悪がった。

「どういうことなんだ……。酔っている間に、おれが編んだのか？　いや、違うな。この編み方がおれの癖と違う……」

おとうは、オレたちだということになかなか結びつけて考えられないようだった。

オレはがっかりして肩を落とした。

「頭のいいネズミかもしれないな。食べ物を置いておこう」

茶碗によそってくれた大根飯を、オレと茜はふたりで食べた。

けれど、おとうはそのわらじを売ろうとはしなかった。気味の悪いネズミが作ったものだから売れないということなのだろうか。

やがて月日が流れ、部屋は積み上げられたわらじでいっぱいになった。

そのうち、おとうは病に冒された。

肺の病らしく、ひどい咳をするようになり、床に伏せった。

村人が呼んだ医者がやって来たが、おとうを診た医者は気の毒そうに首を振っただけだった。

「おとう……死んじゃうのかな？」

茜は心配そうに呟いた。よく見ると、おとうの髪と髭《ひげ》は真っ白で、顔には老人のような深い皺《しわ》が刻まれていた。

それは、オレたちがわらじ作りを始めてから、相当な月日が経過したことを伝えていた。

「大丈夫だ。看病すれば、おとうはきっとまた元気になるよ！」

ふたりで水の入った桶を運び、おとうの枕元に置いた。それから、水と食べ物も用意する。おとうはひとり暮らしなので、看病してくれる人がいない。オレたちはできる限りのことをした。

もっとも大変なのは、外の井戸水を汲《く》むことだ。小さなオレたちには、水の入った重い桶を引くことは腕がもげそうなほどの苦行だった。

オレは火傷《やけど》の痕《あと》が引き攣《つ》れた掌《てのひら》を恨めしく見たけれど、ぎゅっと握りしめて首を振る。

今は、おとうに元気になってもらうことを一番に考えなくては。

茜だって、文句をひとつも言わずに働いているのだ。

ふと空を見上げると、曇天から粉雪が舞い降りてきた。いつのまにか季節は巡り、冬が訪れたらしい。雪山でのできごとが、あのときの空と、同じだ。

あのときの空と、随分と昔のことのように感じられた。

水を汲《く》んだ桶を、布団で寝ているおとうの枕元に置く。

「ふう。おとうの熱、下がったかな？」

額に当てている冷えた布を取ろうと手を伸ばしたとき。

ふいに、おとうは顔をこちらに向けた。

「だ……誰だ？」

「……え」

近頃は常に意識が朦朧《もうろう》としているおとうは、オレたちが看病していても認識できていなかった。

それなのに、おとうは、オレに焦点を合わせた。

まるでオレの姿が、見えているみたいに。

「おとう……」

オレは茫然《ぼうぜん》として呟いた。

茜がオレの隣に身を寄せて、おとうの顔を覗《のぞ》き込む。

「おとう。あたしだよ。茜だよ」

「……おお、茜。それに、蒼吉。おまえたちなのか……？」

「そうだよ。あたしたち、あやかしの子鬼になったんだよ。ずっと、おとうと一緒にこの家にいたんだよ」

おとうはぶるぶると唇を震わせた。見開かれた目は、射貫くようにオレたちに注がれている。

オレはおそるおそる、おとうに問いかけた。

「おとう……オレたちのこと、見えるのか？」

「ああ、見える。声も聞こえる。その声は確かに、茜と蒼吉だ。……無事だったんだな、よかった。おとうは、おまえたちを死なせてしまったと、ずっと悔やんでいた……」

「おとう、ごめん！　オレが悪かった。嘘なんかついて……鬼の国になんて行きたいわけじゃない。オレはずっとこの家で、家族みんなで暮らしたかったんだ……！」

オレは思わず、おとうに縋《すが》りついて懺悔《ざんげ》した。

許してもらえるとは思っていない。ただオレの本当の気持ちを、おとうにわかってほしかった。

安心したように力を抜いたおとうは、ゆるゆると首を振った。

「蒼吉が嘘をついたことなんて、あるもんか……。おまえたちは、どんなものになろうと、おとうとおっかあの大切な子だ……」

おとうは、オレの嘘をなかったことにしてくれた。もしかしたら、あのときのオレの嘘はもうおとうの記憶には残っていないのかもしれない。

オレはずっと、自分を責めてばかりいた。

おとうも、家族を失ったのは自分のせいだと悔やみ続けていた。

オレはおとうに元気を取り戻してほしかった。過去を悔やみ続けてほしくなかった。

だからオレも、最後に、正直な気持ちをおとうに告げよう。

「オレたち、おとうとおっかあの子に生まれて幸せだったよ。オレたちはあやかしになってもずっと、おとうとおっかあの子だよ」

ずっと、それを言いたかっただけなんだ。

おとうは、がくがくと頷《うなず》いた。眦《まなじり》から、涙が零《こぼ》れ落ちた。

「わらじ……ありがとうな……」

すう、と息が引いた。

おとうは、それきり動かなくなった。

「おとう、どうしたの……？」

茜がおとうを揺さぶった。

おとうは、息をしていない。目も開かない。何度呼びかけても、もう返事をしなかった。

やがて、おとうの体に触れると、石のように硬くなっていた。

夜が明けると村人がやってきた。そのあと人を呼び、数人でおとうの体に筵《むしろ》を被せて運んでいった。オレたちも自分たちで作ったわらじを履き、そのあとをついていく。

村の一角にある墓地に、おとうはひっそりと埋葬された。同じ墓石の下に、おっかあも埋められているのだと初めて知った。

葬儀には村長と、数人の村人だけが参列していた。

「村長、あの家にはもう誰もいない。取り壊すほかないだろう。随分とわらじが積んであったようだが……あれはどうする？」

「俺が買い取ろう。それを葬儀代として当てることにする」

村長と呼ばれた男は、オレたちが見知っている人物とは異なっていた。面差しに見覚えがあると思いよく見ると、その男は、太郎だった。

オレたちの友人だった子どもの太郎は成人していた。それほどの年月が流れたのだった。

太郎の傍にいる子どもは、昔の太郎に瓜二つだ。太郎の息子なのだろう。

村人たちが、亡くなったおとうについて小声で話している。

「気の毒にな……子がいれば看取ってもらえたんだがなぁ」

「茜と蒼吉だったな。鬼の子なんて噂があったが……」

「ほら、山賊に……。あれだけ捜しても見つからなかったんだ。もう生きてはいないだろう」

村人の噂話を聞きつけた幼い子どもは、無邪気な声で父親の太郎に訊ねた。

「おとう。茜と蒼吉は、死んだの？」

まだ死が何か知らない無垢《むく》な問いかけに、太郎は表情を強張らせた。片膝をついて、子どもに正面から向き合う。

「ふたりはな、鬼の国へ帰ったんだ」

「鬼の国？」

「そうだ。蒼吉はいなくなる前、おとうにこう言った。龍にのって、鬼の国へ行くと。

ふたりは鬼の子だったんだ。だから……今も……鬼の国で、暮らしている……」

太郎は声を震わせて俯《うつむ》いた。子どもは不思議そうに、父親の顔を覗《のぞ》き込む。

「おとう？　どうして泣いてるの？」

オレたちが鬼の国に帰ったなんて、信じていないくせに。

もうとうに大人になった太郎は、あの話は嘘だったとわかっているはずだ。

それなのに、子どもに死という残酷な現実をまだ知らせたくないばかりに、嘘をついたのだ。

太郎……おまえこそ、嘘つきじゃないか……

オレの目から大粒の涙が零《こぼ》れ落ちた。

オレたち家族の死を悼《いた》み、泣いてくれた太郎への感謝と、別れの涙だった。

太郎の嘘は、全くの嘘ではなかった。

オレたちはもはや、別の世界の住人になってしまったのだから。

そのとき、さくりと雪を踏む音が耳に届く。

「おまえたち、もう充分だろう」

圭史郎だった。

相変わらず不遜《ふそん》な眼差しで、葬儀を遠くから眺めている。

花湯屋で出会ったときから長い年月が経過しているはずなのに、圭史郎は当時と全く変わらない若者の姿に見えた。

「充分……？　何が？」

ぼんやりと問い返したオレに、圭史郎は短く発した。

「親不孝の、償いだ」

親不孝……そうだ、オレたちは、親より先に死んでしまったから、親不孝だったんだな。

それを償うための、わらじ作りだった。

悄然《しょうぜん》としていた茜は、小さな声で圭史郎に聞いた。

「あたしたち……これから、どうしたらいいの？」

「家は取り壊されるそうだな。とりあえず、花湯屋に戻ってこい。おゆうも、おまえたちが戻るのを待ち侘びてる」

おゆうはオレたちを、待ってくれているんだ。

顔を見合わせたオレと茜は、屈んだ圭史郎の袖を駆け上がり、肩にのった。

圭史郎は踵を返し、銀山温泉へ向けて雪道を歩き出した。

オレは圭史郎の肩に揺られながら、村を振り返る。

おとうとおっかあが埋葬された小さな墓石を目に焼きつけた。

雪の降りしきる村が、次第に遠ざかっていく。

「なあ、圭史郎……団体客が来るから家に帰れって嘘ついたのは、オレたちのためだったんだよね？」

「さあな」

圭史郎は飄々《ひょうひょう》と嘯《うそぶ》いた。

オレは正直者にはなれないかもしれない。この先も、ずっと嘘つきかもしれない。

でもこれからは自己満足のためではなく、太郎や圭史郎のように、誰かを思いやるための嘘をつこう。

小さくなっていく村を見つめながら、オレはそう胸に刻んだ。

◆◇◆◇◆

蒼龍の長い話を聞き終えた私は、目から流れる雫を拭《ぬぐ》う。

茜と蒼龍は心配そうに私を見上げた。

「優香……泣いてるの？」

「オレたちは哀しいこともあったけど、今は花湯屋にいられて幸せだぞ」

「そうだね。いろんなごはんが食べられるしね」

「そうだね。いろんなあやかしに会えるしね」

朗らかに笑ったふたりを、私は両腕でぎゅっと抱きしめた。顔をくっつけて、ふたりのおなかに鼻先を擦り合わせる。

「ふたりは……すごくがんばりました。辛いことも哀しいことも、たくさんのり越えてきたんですね」

日々のんびりと過ごしている子鬼たちに、凄惨《せいさん》な過去があったことを、私は蒼龍の告白を聞いて初めて知った。

雪山での惨劇、家族との別れ、そして親不孝の償い。

あまりにも哀しすぎるできごとの連続、そしてふたりの過酷な運命に、頬を伝う涙が止まらない。

茜は私の髪に手を伸ばすと、優しく撫《な》でてくれた。

「優香、泣かないで。あたしたち、温泉に入り続けたから、今はもう哀しい気持ちや辛い思い出はすごく小さくなったんだよ」

蒼龍も、くすぐったそうに身を捩《よじ》りながらも、頬の涙を小さな掌《てのひら》で拭ってくれる。

「そうだぞ。だからオレの火傷《やけど》の痕《あと》が治ったら、オレたちは消えちゃうのかなぁと思ってるんだ。そうなったら、おとうとおっかあのところに行けるのかも」

蒼龍は右の掌《てのひら》を広げて、傷跡を見せた。

そこには山賊に襲われて炭を掴んだ際にできた火傷《やけど》の痕《あと》と、長年わらじを作り続けたために擦れた痕跡《こんせき》が重なっていた。古い傷跡は、まだ完全には癒える気配がない。

私は、傷跡がずっと残ればいいのにと思ってしまった。

そうすれば、茜と蒼龍はずっと花湯屋にいてくれる。

傷跡が消えたら、ふたりは過去のすべてを清算できたとして、いなくなってしまうかもしれないから。

ぐすぐすと泣いている私の背後に、足音が忍び寄る。

「……何をやってんだ」

圭史郎さんは訝《いぶか》しげに覗《のぞ》き込んできた。タイヤ交換を終えたらしい。

泣き顔を見られたくなくて、私はまだ茜と蒼龍のおなかに顔を伏せていた。ふたりは、ぎゅっと私の頭を抱き寄せながら、口々に圭史郎さんに告げた。

「圭史郎、見ちゃだめ」

「オレたちがどうして花湯屋にやって来たのか話したら、優香は目から鼻水が出ちゃったんだ」

……その嘘で庇ってくれるなら、正直に涙と言ってくれたほうがよかったかもしれない。

圭史郎さんは呆れ顔をしながら、ティッシュの箱を差し出した。

「さっさとその鼻水を拭け。おまえたちが花湯屋に来た頃というと、初代当主の時代だな。そのあたりのことも全部喋ったのか？」

茜と蒼龍は戸惑ったように顔を見合わせたけれど、ティッシュを取り出して私の目許《めもと》に押しつける。

「圭史郎には内緒だね」

「内緒だね。又造のこととかね」

圭史郎さんは片眉を跳ね上げた。

「噂をすればなんとやらだな。その又造が来てるぞ」

「えっ⁉　お客様なんですか？」

涙をティッシュで拭った私は茜と蒼龍を肩にのせて、神棚の部屋を出る。

廊下を駆けて臙脂《えんじ》の暖簾《のれん》をくぐれば、玄関先には全身が純白の毛に覆われた大きな物がそびえたっていた。まるで白熊のようだ。

彼が蒼龍の話に登場した又造さんらしい。又造さんは嗄《か》れた穏やかな声音で、コロさんと話している。

「ほお、看板犬なんだがっす。よろしぐな、コロさん」

「いらっしゃい、又造さん。あっ、若女将《わかおかみ》さんが来たよ」

あやかしの又造さんは、雪男の一族だ。私は精一杯の笑顔でお迎えした。

「いらっしゃいませ。花湯屋の若女将《わかおかみ》になりました、優香と申します」

「ほお、若女将《わかおかみ》さんだがっす。おらは又造と申します。山形には冬しかいねんだけども、花湯屋に来るのは随分と久しぶりだ。よろしぐなっす」

私の肩にのっている茜と蒼龍が、ぴょんぴょんと飛び跳ねる。

「又造だ。久しぶりだね」

「又造、今年は来るんじゃないかって待ってたぞ」

「おお、茜さんに蒼龍さん。元気そうで何よりだ」

又造さんは白い毛に隠れた目を細めて、子鬼たちとの再会を喜んでいる。夏は北海道で過ごしている又造さんは、銀山温泉には冬しかやってこないようだ。子鬼たちと会うのも数年ぶりなのだろう。

私たちの少し後ろから様子を窺《うかが》っていた圭史郎さんの姿を目に留めた又造さんは、彼に挨拶をした。

「圭史郎さん、久しぶりだなっす。変わりないようで何よりだ」

「まあ……俺は変わりない。又造も来たことだし、今夜はどんがら汁にでもするか」

どんがら汁と聞いた一同の間から、歓声が沸いた。

「わぁい、どんがらだ。ごちそうだね」

「ごちそうだね。又造が来てくれたおかげだぞ」

「どんがらだら、美味いべな。楽しみだ」

どんがら汁というものがどんな料理か知らない私は、目を瞬《またた》かせる。

汁というからには、汁物だろうか。

「圭史郎さん、どんがら汁ってなんですか？」

「どんがら汁というのは、鱈《たら》のアラ汁のことだ。山形では寒鱈《かんだら》を使用した、どんがら汁が冬のごちそうとして好まれている。もとは漁師料理だな。料理としてはそう難しくないから、冬になれば一般家庭で作られている。別名は寒鱈《かんだら》汁だ」

「寒鱈《かんだら》という、鱈《たら》の種類があるんですか？」

「いや、魚の種類としては真鱈《まだら》だ。身に脂がのっている旬の時期の真鱈《まだら》を、山形では寒鱈《かんだら》と呼ぶのさ」

「そうだったんですね！　漁師さんが作っていた魚のアラ汁というと……お椀に魚が丸ごと入ってるんですか？」

湯気の立った器に丸ごと一匹の魚が放り込まれているイメージが、私の脳裏に浮かんだ。

ところが、みんなは可哀想なものを見るような目で私を見る。

「優香はどんがらを食べたことないんだね……」

「アラ汁が何かも知らないんだね……」

茜と蒼龍が気の毒そうに呟く。

私は自分の想像と、実際のどんがら汁がかけ離れていることに気がついた。圭史郎さんも呆れた眼差しを送ってくる。

「椀に丸ごとの寒鱈《かんだら》が入るという発想が斬新《ざんしん》すぎるな」

「えっ⁉　もしかして寒鱈《かんだら》って、すごく大きな魚だったりします？」

サンマくらいかなと思っていた。鱈《たら》の切り身はスーパーで見たことがあるけれど、頭から尻尾まではどのくらいのサイズなのか見当もつかない。

又造さんが豪快に笑った。その振動は空気が震えるほどだ。

「あっはっは！　食ったら、わがんべよ。山形の冬といえば、どんがらだがらなぁ。体があったまるよ」

「そうだな。早速、調達してこよう。俺は魚屋に行ってくる」

「私も行きます！」

こうして私と圭史郎さんはどんがら汁を作るため、軽トラにのり込んで街の魚屋へと向かったのだった。

冬の日没は早く、曇天の空は瞬《また》く間に漆黒の紗《しゃ》に覆われていく。

銀山温泉街のガス灯が橙色《だいだいいろ》に淡く灯る頃、私たちをのせた軽トラは花湯屋へ辿《たど》り着いた。

「いい寒鱈《かんだら》が手に入ってよかったですね」

寒鱈《かんだら》は私の想像とは全く違っていて、とてつもない大きさだった。魚屋のご主人と話しながら圭史郎さんが選んだ寒鱈《かんだら》は全長一メートルを超えている。

圭史郎さんは駐車場に軽トラを停めると、私をちらりと流し見た。

「優香に寒鱈《かんだら》の良し悪しがわかるのか……？　メダカと思い違いしていたのにな」

「……そんなに小さいとは思ってませんよ。それにメダカはお椀に入れて食べませんからね！」

「冗談だ。さて、あいつらも待ち侘びてるだろう。どんがらを作るとするか」

購入した寒鱈《かんだら》を荷台から下ろした圭史郎さんと共に、厨房へ行く。

厨房には仕込みの支度をしている遊佐さんと、その様子を隅から窺《うかが》っている又造さんがいた。

やってきた私たちに気づいて顔を上げた遊佐さんは、重い口を開く。

「……圭史郎さん、若女将《わかおかみ》さん。厨房にあやかしのお客様がいるんじゃないか？」

「ああ。そこに又造が立ってる。遊佐さん、わかるのか？」

遊佐さんにはあやかしの姿が見えず、声も聞こえないはずだ。又造さんは所在なさげに大きな体を縮めている。

「さっき、戸がひとりでに開いて、丁寧に閉じられた。それに蛇口から水が出てな……。使い終えたら、レバーもきちんと戻してくれるんだ」

「又造は雪男だから、人間に近いところがあるんだ。大きいから道具類も人間と同じように扱える」

「そうなのか。お客様、何か御用ですか？」

目線は合わないけれど、遊佐さんは又造さんに話しかけた。又造さんは大きな背を丸めて、厨房から出て行こうとする。

「いやいや、どんがらだら手伝うがな思ったけども、邪魔なっからよ。おらは食堂で待ってっから」

「待ってください、又造さん。私は初めてどんがら汁を作るので勝手がわからないんです。ぜひ、どんがら汁作りをお手伝いしてもらえませんか?」

きっと又造さんは、どんがら汁が大好きなのではないだろうか。

大きな寒鱈《かんだら》だから、大鍋で大量に作るような料理だろう。みんなで作って、みんなで食べれば、さらにおいしくなるはず。

私が呼び止めると、把手《とって》に手をかけた又造さんは振り向いた。

「んだが? んだらば、ちょっと教えでけっかな」

いそいそと作業台の前に戻ってきた又造さんは、毛に埋もれた口許《くちもと》を綻ばせている。

又造さんも手を貸してくれることになった。とても心強い。

圭史郎さんが慣れた手つきで作業台を整えると、早速、又造さんがまな板に寒鱈《かんだら》をのせた。圭史郎さんは鋭い魚包丁を構え、寒鱈《かんだら》の表面を小刻みに動かす。鱗《うろこ》をこそげ落としているようだ。

「捌《さば》くのは俺がやる。優香は魚の血を洗え……ないよな」

「それはちょっと……」

「おらがやるったな。手は洗ったっす」

「じゃあ又造に頼む。優香はほかの材料を準備してくれ。どんがらは豆腐、葱《ねぎ》、大根、味噌だな。それから特大の大鍋もだ」

「わかりました」

　どんがら汁は味噌味のようだ。

　私は大型の冷蔵庫から豆腐と味噌を取り出す。大根と葱《ねぎ》の束は、食材庫から遊佐さんが持ってきてくれた。

「ありがとうございます、遊佐さん」

「どういたしまして。それじゃあ、自分は仕込みがあるからこっちでやるんで」

　隣の作業台で、遊佐さんは黙々と作業の続きを始めた。

　圭史郎さんはエラに包丁の切っ先を入れて主骨を切り、寒鱈《かんだら》の腹を切り開いていく。内臓を取り出してから、身の内側を覆っている黒い膜を綺麗に剥がした。

「すごい……上手ですね。昼寝が特技の圭史郎さんが、こんなに素晴らしい包丁捌《さば》きを披露してくれるなんて驚きです」

「おまえも言うようになったな。俺は自分で捌《さば》くが、家庭でどんがら汁をやるときは切り身と肝がパッケージになったものが冬になるとスーパーで売ってるから、それを使うのが手軽だ」

又造さんが身を水洗いをして血を掻《か》き出してくれる。キッチンペーパーで丁寧に水気を拭き取ると、下処理は完了のようだ。

「寒鱈《かんだら》は肝が美味いんだ。肝だけに。あっはっは！」

……肝と大事なことをかけているらしい。

又造さんの冗談のセンスは圭史郎さんと同じくらい寒々しい。私は苦笑いを零《こぼ》すのみにした。

やがてすべての切り身と肝、そして白子がタッパに並べられた。切り身はぶつ切りの形で、頭や尻尾もある。薄い紅色をした肝は見た目がとろりとした感じで、真っ白な白子はぷりぷりとした質感だ。

「これを熱湯に入れて骨のみを取るんだ。肝と白子は後入れだからな」

指示されたとおり、水を入れた大鍋をコンロにかけて沸騰させる。水の量はごく浅く、鍋の三割程度しかない。

「水が少ないんじゃないですか？　煮物じゃなくて汁物ですよね？」

「これくらいでいいんだ。どんがらは胴と殻を余すことなく使うから、どんがら汁と呼ばれる。味噌も入れると、かなり増えるぞ。最終的に鍋いっぱいになる」

ぶつ切りにした寒鱈《かんだら》の身を大鍋にすべて投入する。頭や尻尾、それに皮も付いたままだ。

コトコトと、中火で煮立てること二十分ほど。

「あ……！　骨と身が分離してきましたね」

かなり煮崩れてきた。骨が浮いているので箸で摘《つ》まむと、するりと取り出せた。鍋に残された身はほろほろと、とろける。

「太い骨だけ取るんだ。皮も食べられるから、皮は剥がさなくていいぞ」

身から骨が綺麗に離れるので、菜箸で簡単に骨のみを取り除ける。

けれど頭は大物だ。すでに形が崩れている顎の部分を摘《つ》まみ上げると、頬肉がたくさん詰まっていた。

「わああ、すごい！　ほろほろ取れて楽しいです」

私は指先で顎の骨を摘《つ》まむと、夢中になって菜箸を操り、頬肉を掻《か》き出す。初めての経験にはしゃいでいると、又造さんは朗らかに笑った。

「これがどんがらの醍醐味《だいごみ》だな。さすがに骨はかんね（食べられない）げども、皮も脂もついでで美味いんだ」

大きな骨を取り出したあとは、ほろほろになったたくさんの白い身が熱湯の中に残された。皮もとろりと、とろけて原型を留めていない。

「大根は削いで入れるんだ。こんなふうにな」

皮を剥いた大根を左手に持った圭史郎さんは、包丁でさくさくと削ぎ落とし、直接鍋に投入する。

しばらく大根を煮込んでから、そこにたっぷりの味噌で味つけをした。おたまいっぱいに三つくらい。それからさいの目切りにした豆腐と、斜め切りにした大量の葱《ねぎ》を入れる。

「味つけはどうでしょうか？」

私はおたまで少々の汁を掬《すく》い、味見のための小皿によそう。

味見をした又造さんと圭史郎さんは頷《うなず》いた。

「いい塩梅んねが？」

「ああ。少し濃い目くらいがちょうどいい。最後に肝と白子だな」

味噌の甘い香りが漂ってくる頃、圭史郎さんは包丁で軽く刻みを入れた肝と、一口大に切った白子を鍋に入れた。ぱあっと肝が花びらのように散る。

ぐつぐつと煮込まれたどんがら汁は完成した。

できあがったどんがら汁を器によそい、盆にのせてあやかし食堂へ運ぶ。

テーブルに着いているみんなのきらきらした表情が、立ち上る湯気の向こうに見えた。

「お待たせしました！　今夜はどんがら汁です」

わあっ、と歓声が沸き起こる。

子鬼たちもコロさんも、どんがら汁をとても楽しみにしていたのだ。

私の後ろから薬味を携えて現れた又造さんも、端の席に腰を下ろす。

「若女将《わかおかみ》さんが作ってけだどんがらだら、美味いったなぁ」

「私だけじゃないですよ。又造さんも手伝ってくれましたから」

みんなの器を配ると、部屋中に暖かな湯気と薫り高い寒鱈《かんだら》の芳香が漂う。そして包み込むような味噌の香りが、頬を綻ばせてくれる。

食堂にやってきた圭史郎さんは呆れ顔で椅子を引いた。

「おいおい。寒鱈《かんだら》を捌《さば》くのも大変だったんだぞ」

「あっ、もちろん圭史郎さんも頑張ってくれましたよ」

やれやれと肩を竦《すく》めた圭史郎さんに、みんなの笑い声が重なる。

圭史郎さんは袋から黒いものを取り出し、どんがら汁にふりかけた。

「圭史郎さん、それはなんですか？」

「岩海苔《のり》だ。どんがらに入れると美味いぞ。まあ、好みなんだが、俺は必ず入れる」

袋を手渡されたので、私も岩海苔《のり》を入れてみることにした。

岩海苔《のり》は硬い状態で、水で戻されていない。まるで乾燥ワカメのようだ。

「この海苔《のり》は、あらかじめ水で戻さなくても大丈夫なんですか？」

「それは、氷は固いけど溶けるんですかと聞かれるのと同義だな」

「……圭史郎さんのたとえがわかりません」

「大丈夫だ。岩海苔《のり》を信じろ」

いずれ柔らかくなるということらしい……。

みんなにも岩海苔《のり》の袋を回していると、又造さんは一味唐辛子の筒を振っていた。

「おらは南蛮粉《なんばんこ》ば入れるんだ。美味いよ」

圭史郎さんも海苔《のり》の上から、同じように一味を振っている。子鬼たちとコロさん、それに私は辛いのは苦手なので、岩海苔《のり》をのせるのみに留める。

準備が整ったところで、みんなで「いただきます」と唱和し、手を合わせた。

硬い岩海苔《のり》はかじるのかな？

箸で触れると、汁に沈んだ岩海苔《のり》は瞬《また》く間に柔らかくとろけてしまう。そして広がる磯の香り。

「わぁ、綺麗！」

味噌汁に浮かぶ岩海苔《のり》はまるで小さな海のようだ。覗《のぞ》いている真っ白な寒鱈《かんだら》の身は、波間から顔を出した魚のよう。

ひとくち含むと、ほっこりした白身は上品な味わい。岩海苔《のり》が醸し出す磯の香りが、濃厚な味噌と一緒になって口の中いっぱいに広がる。

豆腐と葱《ねぎ》も味が染み込んでいて、とてもおいしい。ぷりぷりとした食感の白子は、とろんと甘くとろける。汁を啜《すす》ると、溶けた肝と魚の旨味が凝縮されて味噌と混じり合い、極上の味を作り上げていた。

どんがら汁は寒い冬の夜に似合う、最高のごちそうだ。

「おいしい……。体がほっこり暖まりますね」

「んだなぁ。どんがらば食うど、ほっとすんなぁ」

しみじみと呟きながら箸を進める又造さんに続き、茜も感慨深げに言う。

「おいしいね……。おとうが城下町に行く前に、どんがらの約束してくれたね……」

はっとして顔を上げた蒼龍は、唇を噛《か》み締めた。

「そうだね……。おとうとおっかあと、どんがら食べたかったな……」

茜と蒼龍のつぶらな瞳に、涙が滲《にじ》んだ。

果たされなかった約束は、ふたりの心に深く刻み込まれている。

ふたりは大粒の雫を零《こぼ》しながら、どんがらを食べ進めた。

私は席を立ち、そっと手を伸ばして、茜と蒼龍の涙を指先で拭った。その涙はとても小さな雫なのだけれど、癒えない哀しみを纏《まと》っていた。

「今は、私たちがいますよ。寂しくありませんよ」

「僕もいるよ。僕は茜さんと蒼龍さんの友達だもの。いつでも傍にいるよ」

コロさんも子鬼たちを元気づけようとしてくれる。

茜と蒼龍は涙で濡れた顔に笑みを浮かべた。

「そうだね。今は花湯屋のみんなと一緒にいられるもんね」

「そうだね。ずっと前のこと、思い出しちゃったね。今は寂しくないぞ」

ふたりは両親と離ればなれになり、死した過去を、今も悔やみ続けているのだ。

それは、ふたりがこの世にあり続ける限り消えないのだろうか。

茜と蒼龍のために、私に何かできることはないだろうか。

和やかにどんがら汁を啜《すす》りながら、私は考えを巡らせる。

テーブルの隅では又造さんと圭史郎さんが黙々と箸を運んでいた。

「茜さんと蒼龍さんの親は幸せだ。こんなに子に、想われるんだがらな」

「俺には親なんていないから、よくわからないが……そうなんだろうな」

又造さんにも、なんらかの哀しい過去があったのだろうか……

ぽつりぽつりと話しながら、冬の長い夜は更けていく。

私はどんがらで温まりながら、みんなのほろ苦い思い出話を静かに聞いていた。


翌日は晴天に恵まれた。蒼穹《そうきゅう》には冬のぬるい太陽が昇っている。

私たちは銀山温泉の近くにある、背あぶり峠《とうげ》に向かっていた。

軽トラの荷台にのった又造さんに、私は座席から声をかける。

「又造さーん、大丈夫ですか？」

「おう、大丈夫だ。トラックにはのったごどあっからよ」

旅慣れている又造さんは平然と荷台に腰を下ろしている。私の襟元から顔を出した茜と蒼龍は、おそるおそる周囲を窺《うかが》った。ふたりが銀山温泉街から出るのは久しぶりなのだ。

「あっちだね」

「そうだね。この山の形、見たことある」

茜と蒼龍の指示に従って、圭史郎さんはハンドルを切った。

昨日、蒼龍から哀しい過去の話を聞いた私は、両親のお墓参りをしてはどうかと提案した。

ふたりの両親が亡くなったのはとても昔のことのようだけれど、せめてお墓参りをすれば哀しみも薄れるかもしれないと思ったからだ。私も若女将《わかおかみ》として、ふたりをお預かりしていますと、ご両親に挨拶しておきたい。

又造さんも同行すると申し出てくれたので、みんなで行こうということになった。コロさんだけは留守番として花湯屋に残っている。

「ふたりが住んでいたのは、隣の山にある地区なんですよね？」

「そうだね。歩くとすごく遠いけど、車ならこんなに早いんだね」

「あの頃とはすごく変わってるね。オレたちの村……まだあるのかな？」

曲がりくねった細い峠《とうげ》を通り、やがて軽トラは山間《やまあい》の集落へ辿《たど》り着いた。辺りには刈り取ったあとの冬の田が広がり、ぽつりぽつりと家屋が点在している。圭史郎さんは一本道の路肩に車を停めた。

「あそこだな」

山に囲まれた集落の隅に、お墓が建ち並ぶ一角があった。どうやらこの地区の墓場のようだ。

私たちは車を下りて、綺麗に整備されているお墓の区画に入る。

圭史郎さんは中央に鎮座している墓石を指し示した。

「これが、代々村長を務めた家の墓だ。昔は村長が世襲だったからな。子孫のいない墓を整理しようという話が出たこともあったらしいが、当時の村長が反対したそうだ。今もこの地区の墓はすべて、元村長家が管理している」

茜と蒼龍は私の襟元から顔を覗《のぞ》かせた。茜が村長家の墓の傍にある、小さな墓石を目にして声を上げる。

「あ……見て、蒼龍。あれ、おとうとおっかあのお墓じゃない？」

「……本当だ。ずっと昔、おとうの葬式のときに見た墓石だ……」

私はふたりを掌《てのひら》にのせると、地面に下ろした。茜と蒼龍はおそるおそる、墓石の前に立つ。

「まだ、あったんだね……。あたしたち、おとうのお葬式のあと、一度も来てないのに……」

「太郎が残しておいてくれたんだね。ありがとう、太郎……」

墓石は長年風雨に晒《さら》されたためか、文字は消えて、小さくなってしまっていた。おそらく何百年もの時が経過したのではないだろうか。撤去されずに残っていたのは、村長家の厚意に相違ない。

茜と蒼龍は小さな墓石の前で屈むと、手を合わせた。ふたりは涙交じりに呟いた。

「おとう、おっかあ……あたしたち、親不孝でごめんなさい」

「おとう、おっかあ……オレが悪かった。親不孝でごめんなさい」

両親の墓石の前で謝罪するふたりの言葉を聞いて、いたたまれない気持ちになった。

ふたりは父親が亡くなるまで長年にわたり、償いとしてわらじを作り続けていたというのに。それでもまだ、彼らの心は救われないのだ。

そのとき、蒼龍がふいに空を見上げた。

「茜、あれを見ろ！」

「えっ？」

彼が指差した先には、二羽の鳥が羽ばたいていた。

つがいだろうか。白い鳥たちは、ゆったりと北の空へ向かっていく。

「あの鳥は、おとうとおっかあだ」

ふたりの両親は、鳥に生まれ変わったのだろうか。

茜は涙を拭いて、鳥の姿を金色の瞳で追う。

「そうだね……おとうと、おっかあだね……。空からずっと、見守ってくれているんだね」

私はそれは、蒼龍の嘘だと思った。

哀しい結末に希望を持たせるための嘘。

そのことに、茜も気づいている。

嘘はいけないと世間では言われているけれど、誰かの心を救う嘘ならば、悪であるはずがない。

それに、実は嘘ではないかもしれないのだ。

私たちが真実を知らないだけで、本当にあの鳥たちは、両親の生まれ変わった姿なのかもしれないのだから。

「ご両親は鳥に生まれ変わって、茜と蒼龍を見守っているんですね……」

圭史郎さんも北の空を、目を細めて眺めていた。

「そうかもな。真実は意外と、驚くことばかりだからな」

みんなで空を見上げて、鳥の行方を辿《たど》る。

やがて、又造さんはふらりと足を踏み出す。

「んだらば、おらはあの鳥ば追っかげで旅に出るがな」

「又造さん、もう行っちゃうんですか？」

白い背を向けた又造さんは、振り返ることなく腕を上げた。

「みんなで食べたどんがら、美味かったよ。まだ会うべなぁ」

鳥と共に去り、又造さんは山奥へ消えていく。

静かな墓場に佇《たたず》んで、私たちはいつまでも彼の背を見送っていた。

エピローグ　牡丹《ぼたん》雪と珈琲《コーヒー》牛乳

湯気の向こうに雪景色。

温泉に浸かった私は体の芯からじんわりと温まる感触に安堵を覚えながら、窓越しに映る牡丹《ぼたん》雪に目を細めた。

銀山温泉は、本格的な冬を迎えている。

「雪景色を眺めながら温泉に入るって、最高ですね」

あやかしのお客様が使用する大浴場——あやかし湯に、私は入浴していた。

普段は掃除のため頻繁に出入りしているあやかし湯だけれど、若女将《わかおかみ》である私が入浴する機会はない。

けれど、自分の宿の温泉に入ってみなければ、その良さをお客様に伝えることもできないわけなので、本日は特別にみんなで入浴してみた次第だ。

銀山温泉の泉質はナトリウム—塩化物・硫酸塩温泉である。動脈硬化症・神経痛・疲労回復・健康増進など多くの効能があるけれど、あやかし湯には長寿の効能と、それそれのあやかしに効く秘密の泉質が存在する。

隣で湯に浸かっているコロさんが、嬉しそうに鼻歌を歌っている。

私の肩にのっている茜と蒼龍は、半身浴を楽しんでいた。肩を沈めると、ふたりの顔まで浸かってしまうので気をつけないとね。

……と思いきや、蒼龍は豪快に私の肩から湯船に飛び込んだ。

ぱしゃん、と小さな飛沫《ひまつ》が跳ねる。

「どうだ、コロ！　オレの犬かき上手いだろ？」

子鬼にとっては海ほども深い湯船なのだけれど、蒼龍は楽しげに犬かきで泳ぎだした。

「上手だよ、蒼龍さん。僕の犬かきも見てよ」

コロさんが頭にのせていた豆絞りの手ぬぐいが宙に舞う。ばしゃり、と大量のお湯が辺りに散った。

身を躍らせたコロさんは華麗な犬かきを披露する。

「すごい、コロは犬みたいに上手だな！」

「あはは、僕は犬だよ」

さすがコロさんは本物の犬だけあって、プロの技だ。

私は頭から被ったお湯を、キャッチした豆絞りの手ぬぐいで拭き取る。

湯船で泳がれるとお湯の飛沫《ひまつ》が撥《は》ねて、顔までずぶ濡れだ……。

私のうなじに隠れて難を逃れた茜は、唇を尖《とが》らせる。

「ちょっと男子たち、お風呂で泳がないでよね。お湯が撥《は》ねちゃうじゃない」

「ちぇ、わかったよ」

「あはは、ごめんごめん」

蒼龍を頭の上にのせたコロさんは笑いながら、また肩まで浸かった。

まるで修学旅行のように賑やかで、私も楽しくなる。

そのとき、硝子《ガラス》戸《ど》の向こうから圭史郎さんが声をかけてきた。

「おい、おまえら。はしゃぐのも、ほどほどにしておけよ」

みんなでお風呂に入ろうと盛り上がったとき、圭史郎さんは素知らぬ顔をしていた。

あやかし湯の湯船はひとつしかないので女湯と男湯に分かれておらず、混浴である。

コロさんと子鬼たちはともかくとして、さすがに圭史郎さんと私が混浴するのは気まずいわけなので遠慮してくれたようだ。

蒼龍は大きな声で、圭史郎さんに呼びかける。

「圭史郎も入ればいいのに。なんで入らないんだ？」

私は温かな湯の中で硬直する。

コロさんも不思議そうに首を傾げた。

「圭史郎さんは温泉が嫌いなの？　僕たちはみんな友達だから、一緒に入りたいよ」

硝子《ガラス》越しの圭史郎さんは沈黙している。顔は見えないけれど、黒のスラックスは身じろぎもしない。

私と一緒に入るのは気まずいという以上に、彼には素肌を曝《さら》せない理由があるのではないか。

檜造《ひのき》りの湯船に鼻先まで浸かりながら、そう推測した私は圭史郎さんの答えをどきどきして待った。

沈黙が奇妙な空気に変わる前に、ふいに茜が男子たちに言い放つ。

「圭史郎があたしたちとお風呂に入れるわけないでしょ。だって、大人の男には大きなものがぶらさがっていて……」

「おい！　こいつも入れてやれ」

茜の恥ずかしい台詞《せりふ》を遮り、硝子戸《ガラスど》を隙間だけ開けた圭史郎さんは、すぐにピシャリと閉めた。

目を凝《こ》らすと、薄《うっす》らとした白いものが、ふわふわと湯気の間に漂っている。

「ほわ！」

仲間たちと灯籠《とうろう》を輝かせるため、一緒に花火大会へ行ったほわだった。普段は地下のお蔵に住んでいて、お蔵を訪れた人に明かりを照らしてあげるのが、ほわの役目なのだ。人間には見えないあやかしだけれど、その灯火は魂の輝きだからか、誰の目にも映るのだそう。地下のお蔵に電灯がないのは、そういうわけだったのだ。

「ほわ……お邪魔します。ほわも少しだけ……温泉に入らせてください……」

「わあ、ほわさんだ。久しぶりだね」

歓迎してくれたコロさんの隣に、ほわはふわりと舞い降りる。まるで水鳥のように、ゆるりと水面《みなも》に浮いていた。

「ほわわぁ……みなさんお久しぶりです……。ほわ、たまにここに来ます……神使さまが温泉に入れと言ってくださいます……」

「圭史郎さんが……そうだったんですね」

哀しい過去を背負うほわを気遣い、圭史郎さんが声をかけてくれたのだ。

きっと、哀しみを浄化するために。

こまもふたたちは気持ちよさそうに、ゆるゆるとした笑みを浮かべて目を閉じる。

「あったかいね……花湯屋の温泉に浸かってると、哀しい気持ちがなくなっていくみたいだね」

「オレも。痛くて苦しい思いをしたことが遠くに行っちゃうね。コロは？」

茜と蒼龍に続いて、コロさんも穏やかな笑みを湛えながら答えた。

「僕は、楽しかったことを思い出すね。温泉に入るたびに、サトシとの思い出を頭の中から取り出して撫《な》でているんだ。ずっと忘れないようにね。ほわさんは、どうかな？」

「ほわ……もう……ぜんぶ、忘れてしまいました。ほわのお役目……明かりを照らすこと……それだけです……」

哀しいことも苦しいことも、すべてを薄め、凄惨《せいさん》な傷を癒していく。

ある者には楽しい思い出だけを残して。またある者にはすべてを忘れさせて。

それが、あやかし湯の秘密の効能なのだと、私は気づかされた。

「また温泉に入りましょうね。みんなで入ると楽しいです」

「今度は圭史郎さんも一緒にね」

無垢《むく》なコロさんの提案に、私は引き攣《つ》った笑みを返すしかなかった……

あやかし湯でほっこりして体が温まると、喉の渇きを覚えた。

温泉から上がった私たちが脱衣場で体を拭いていると、また賑やかな声が上がる。

「わああ、コロ！　ブルブルするなよぉ」

犬の習性で濡れた体を震わせ、コロさんは水分を吹き飛ばす。おかげでみんなは歓声を上げながら逃げ惑った。蒼龍は雨を凌《しの》ぐように頭に手をやりながら、なぜかコロさんの周囲をぐるぐると走り回っている。迷惑そうにしながらも、実は犬のシャワーを浴びたいらしい。

「ごめんごめん。どうしてもブルブルしちゃうんだよね」

コロさんは謝りつつも、また体をブルッと震わせる。

四方に放たれる飛沫《ひまつ》を浴びた私たちは、また歓声を弾けさせた。

「湯冷めするといけないので、談話室に行ってストーブにあたりましょうね」

私は湯上がりに浴衣《ゆかた》を纏《まと》い、帯を締めて脱衣場の扉を開けた。

コロさんは毛が濡れているから、早めに乾かしたほうがよいだろう。

はぁい、と唱和したみんなは廊下を渡り、談話室へ向かう。

頭上を見上げると、ほわはふわふわと漂いながら私たちのあとについてきた。鳥のように見えるけれど、羽毛はない。

ぱあぁ……と輝きを放ち、自らの水分を飛ばして体を温めているようだ。

きらきらと光るほわと共に、談話室に入る。そこでは石油ストーブの灯火が赤々と燃えていた。少し冷えてしまった肌を、籠もった熱が柔らかく包み込む。

ソファには圭史郎さんが昼寝する姿はなく、まるで身代わりのように宿の半纏《はんてん》が寝そべっていた。

ついさっきほわを大浴場に連れてきてくれたけれど、どこへ行ったんだろう？

石油ストーブの上のやかんは、シュンシュンと蒸気を上げている。

そのとき私たちの後ろで、盆を持った圭史郎さんが声を上げた。

「ほら、入り口で固まるな。さっさと座れ」

「圭史郎さん！　どこに行ってたんですか？」

「厨房に決まってるだろ……。温泉に入ったら喉が渇くだろうからな。特製の珈琲《コーヒー》牛乳を作ってやったぞ」

珈琲《コーヒー》牛乳と聞いたみんなは大はしゃぎしてソファに座る。

圭史郎さんは半纏《はんてん》を私に放り投げると、デキャンタに入っているまろやかな液体をコップに注いでいった。

小さなマグカップは子鬼用だ。そしてお酒を呑《の》むお猪口《ちょこ》にも、珈琲《コーヒー》牛乳がなみなみと注がれる。

「ほわのコップは、お猪口《ちょこ》が一番いい。マグカップで出すと体が嵌《は》まって出られなくなるからな」

「それは困りますね……」

私は湯冷めを防ぐために受け取った半纏《はんてん》を羽織りながら、マグカップに嵌まったほわの姿を想像して苦笑する。

全員がグラスを掲げた。ほわはテーブルに置いたお猪口《ちょこ》の前に降りる。みんなで、「いただきます」と唱和する。

「食事じゃないんだぞ……」

圭史郎さんの呟きを聞きながら、ごくりと風呂上がりの珈琲《コーヒー》牛乳をいただく。

渇いた喉を冷たい珈琲《コーヒー》牛乳が流れていく感触が心地好い。仄《ほの》かな甘みが口に広がり、さらなる満足感を与えてくれた。

「ああー……染み渡りますね……」

「隠し味に蜂蜜を入れてある。甘みが柔らかくなるかと思ってな」

「げぷぅ」

みんなの視線が私に集中する。目を見開いた私は慌てて手を振った。

「ち、違いますよ！　私じゃありませんから」

テーブルを見ると、ほわがお猪口《ちょこ》の珈琲《コーヒー》牛乳を飲み干し、ころんと仰向けに倒れていた。

「ほわぁ……おいしいです……もう一杯……」

なんとゲップの犯人は、ほわだった。よほど圭史郎さん特製の珈琲牛乳《コーヒー》がお気に召したらしい。

みんなは笑いを弾けさせた。圭史郎さんは肩を竦《すく》め、デキャンタからお猪口《ちょこ》にちょろりとお代わりの珈琲牛乳《コーヒー》を注いであげた。

「やれやれ。おまえたちも、もう一杯どうだ？」

「お代わりちょうだい」

「オレも、お代わり！」

「じゃあ、僕も」

圭史郎さんの珈琲牛乳《コーヒー》は大人気だ。デキャンタを差し出されたので、私も遠慮なくお代わりをいただこう。

「圭史郎さん……ありがとうございます」

「ん？　礼を言われるようなことじゃない」

コップに珈琲牛乳《コーヒー》が注がれるわずかな時間、私は万感の想いを込めて圭史郎さんに感謝を伝える。圭史郎さんは珈琲牛乳《コーヒー》を作ったことへのお礼と捉えたかもしれない。

だけど今の言葉には、私はこれまで長きにわたって花湯屋を支えてくれた圭史郎さんへの感謝の念を込めていた。

この先も、あやかしお宿の若女将《わかおかみ》として頑張っていこう。

こうしてみんなで笑い合い、おいしいものを食べている何気ない日常が、もっとも幸せなときだから。

私の使命は、この幸せを守り続けることなのだ。

白くなった窓の外には牡丹《ぼたん》雪。

純白の雪の結晶は、銀山温泉に音もなく舞い降りていた。

祖父の実家である、銀山温泉の宿「花湯屋」で働くことになった、花野優香。大正ロマン溢れるその宿で待ち構えていたのは、なんと手のひらサイズの小鬼たち。驚く優香に衝撃の事実を告げたのは従業員兼、神の使いでもある圭史郎。彼いわく、ここは代々当主が、あやかしをもてなしてきた宿らしい!?　さらには「あやかし使い」末裔の若女将となることを頼まれて——訳ありのあやかしたちのために新米若女将が大奮闘!　心温まるお宿ファンタジー。

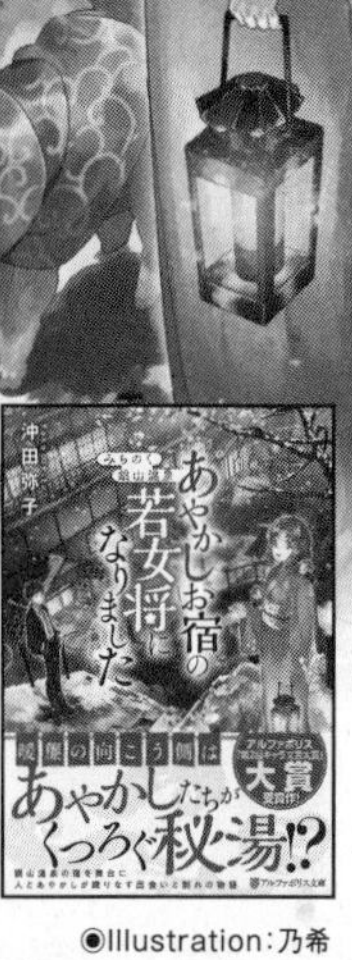

●定価：本体640円+税　●ISBN:978-4-434-26148-0　●Illustration：乃希

かんのあかね

柊木《ひいらぎ》さんちの絆《きずな》ごはん

『受け継ぐものに贈ります』。柊木すみかが、そう書かれたレシピ帖を見つけたのは、大学入学を機に、亡き祖父母の家で一人暮らしを始めてすぐの頃。料理初心者の彼女だけれど、祖母が遺したレシピをもとにごはんを作るうちに、周囲には次第に、たくさんの人と笑顔が集まるようになって――「ちらし寿司と団欒」、「笑顔になれるロール白菜」、「パイナップルきんとんの甘い罠」など、季節に寄り添う食事と日々の暮らしを綴った連作短編集。

◉定価：本体640円＋税　◉ISBN:978-4-434-27040-6

◉Illustration：ゆうこ

鎌倉であやかしの使い走りやってます
葉嶋ナノハ
Nanoha Hashima
今日も、ものの怪たちが
厄介事を
押し付けてくる!?

鎌倉であやかしの使い走りやってます
今日も、ものの怪たちが厄介事を押し付けてくる!?

神様の学校
八百万《やおよろず》
ご指南いたします
アルファポリス第2回キャラ文芸大賞
特別賞受賞作
先生は高校生男子、
生徒は八百万の神々!?
ある日、祖父母に連れていかれた神社で不思議な子供を目撃した高校生の翔平《しょうへい》。その後、彼は祖父から自分の家は一代ごとに神様にお仕えする家系で、目撃した子供は神の一柱だと聞かされる。しかも、次の代である翔平に今日をもって代替わりするつもりなのだとか……驚いて拒否する翔平だけれど、祖父も神様も聞いちゃくれず、まずは火の神である迦具土《かぐつち》の教育係を無理やり任されることに。ところがこの迦具土、色々と問題だらけで――!?
神様の学校
八百万
浅井ことは
先生は
高校生男子、
生徒は八百万の神々!?
◎定価：本体640円＋税　◎ISBN:978-4-434-26761-1
◎Illustration：伏見おもち

大学進学を機に、谷中《やなか》でひとり暮らしをすることになった咲《さき》。ところが、叔父に紹介されたアパートには江戸時代の料理人の幽霊・惣佑《そうすけ》が憑《つ》いていた!? 驚きはしたものの、彼の身の上に同情した咲は、幽霊と同居することに。一緒に(?)谷中に住む人たちとの交流を楽しむふたりだが、やがて彼らが抱える悩みを知るようになる。咲は惣佑に習った料理を通してその悩み事を解決していき――

◉定価:本体640円+税　◉ISBN:978-4-434-26545-7

◉Illustration:庭春樹

この作品に対する皆様のご意見・ご感想をお待ちしております。

おハガキ・お手紙は以下の宛先にお送りください。

【宛先】

〒150-6008 東京都渋谷区恵比寿4-20-3 恵比寿ｶﾞｰﾃﾞﾝﾌﾟﾚｲｽﾀﾜｰ 8F
（株）アルファポリス　書籍感想係

メールフォームでのご意見・ご感想は右のＱＲコードから、
あるいは以下のワードで検索をかけてください。

アルファポリス　書籍の感想　検索

ご感想はこちらから

アルファポリス文庫

みちのく銀山温泉《ぎんざんおんせん》　あやかしお宿《やど》の夏夜《なつよ》の思《おも》い出《で》

沖田弥子（おきた やこ）

2020年 3月 31日初版発行

編　集－桐田千帆・宮田可南子
編集長－太田鉄平
発行者－梶本雄介
発行所－株式会社アルファポリス
〒150-6008 東京都渋谷区恵比寿4-20-3 恵比寿ｶﾞｰﾃﾞﾝﾌﾟﾚｲｽﾀﾜｰ8F
TEL 03-6277-1601（営業） 03-6277-1602（編集）
URL https://www.alphapolis.co.jp/
発売元－株式会社星雲社（共同出版社・流通責任出版社）
〒112-0005 東京都文京区水道1-3-30
TEL 03-3868-3275
装丁イラスト－乃希
装丁デザイン－AFTERGLOW
印刷－中央精版印刷株式会社

価格はカバーに表示されてあります。

落丁乱丁の場合はアルファポリスまでご連絡ください。

送料は小社負担でお取り替えします。


ISBN978-4-434-27183-0 C0193